<u>Spencer Corvis</u>

Kommissar Max Schneider

Abgetaucht

<u>10 Jahre Jubiläumsedition</u>

Bibliografische Information der Deutschen Nationalbibliothek: Die Deutsche Nationalbibliothek verzeichnet diese Publikation in der Deutschen Nationalbibliografie; detaillierte bibliografische Daten sind im Internet über dnb.dnb.de abrufbar.

Die automatisierte Analyse des Werkes, um daraus Informationen insbesondere über Muster, Trends und Korrelationen gemäß §44b UrhG („Text und Data Mining") zu gewinnen, ist untersagt.

Front/Backcover Idee und Gestaltung: Spencer Corvis

© 2025 Spencer Corvis

Verlag: BoD · Books on Demand GmbH,
In de Tarpen 42, 22848 Norderstedt, bod@bod.de
Druck: Libri Plureos GmbH, Friedensallee 273,
22763 Hamburg

ISBN: 978-3-7412-8282-9

Vorwort

10 Jahre... eine lange Zeit. So lange ist es mittlerweile her, dass mein 1. Buch mit dem etwas sperrigen Titel „Kommissar Max Schneider - Abgetaucht" erschienen ist.

Was ist seither passiert? Tja, es gab Veränderungen sowohl im realen, als auch im fiktionalen Leben. Das einzelne Buch wurde zu einer mittlerweile 4 Bände umfassenden Reihe, welche zwar keine eng verzahnte, durchgehende Geschichte erzählt, aber immer die altbekannten Charaktere zurückbringt und lose auf vergangene Ereignisse aufbaut. Des Weiteren existiert ein Ableger der Reihe in Form einer Kurzgeschichtensammlung, welche keinen direkten Bezug auf Max Schneider nimmt, aber doch im gleichen Universum spielen könnte ;)

Ich muss mir das gerade selbst noch einmal richtig vergegenwärtigen: 10 Jahre... 5 Bücher... In der Theorie eine Taktung, die auf eine gut geölte, perfekt laufende Autorentätigkeit schließen lassen könnte, aber ich kann versichern: dem ist mitnichten so.

Zu den Beweisen: zwischen dem 1. und 2. Buch lagen etwa 5 Monate, zwischen dem 3. und 4. Buch fast 4 Jahre. Was natürlich nicht daran liegt, dass ich im Schreiben schlechter geworden bin, sondern dass die Geschichte des 2. Romans die 1. Geschichte zu Max Schneider war, welche ich forciert hatte. Als „Abgetaucht" erschien, war „Hochadelsmord" bereits weit fortgeschritten. Hingegen kam die Idee zu „Provinzposse" erst beim Schreiben von „Lattenkrimi" auf, bis das Grundgerüst der Handlung vollständig war, verging auch noch einige Zeit, dazu gesellten sich einige private wie berufliche Turbulenzen, die dann doch bevorzugt abgehandelt werden mussten.

Der langen Rede kurzer Sinn: Ich bin beim Schreiben von Geschichten geblieben und, so ein höheres Wesen, mein Fleiß, der Zufall oder auch einfach ein gewisses Maß an Glück es mir ermöglicht, werde ich weiterhin Geschichten schreiben, die dem ein oder anderen Leser eine gute Unterhaltung bescheren könnten und ihm oder ihr das ein oder andere Lächeln ins Gesicht zaubern könnte =)

Danksagungen

Da es sich um kein neues Buch handelt, gilt es in erster Linie, die alten Danksagungen zu erneuern, da diese Jubiläumsedition ohne die Personen von damals schlicht nicht existieren würde, weil es das Original nie gegeben hätte.

Lutz und Dave: die Mutmacher
Ihr Beide habt euch mehr als einmal dazu bereit erklärt einen Blick auf mein Geschreibsel zu werfen und habt mir Talent bescheinigt und gut zugeredet, dass ich weiterschreiben soll... wie man heute sieht, haben eure Worte gefruchtet.

Steffi: die Lektorin
Egal wie gut die persönliche Rechtschreibung auch ist (und meine ist bestimmt nicht die Beste), Fehler schleichen sich immer ein, was mir erst wieder deutlich aufgefallen ist, als ich die Alternativ-Kapitel für dieses Buch verfasst habe und anschließend die Rechtschreibung gecheckt wurde.

Mario: der PR-Berater und Illustrator
Es gibt immer diesen einen Mann, der sich um mehrere Dinge gleichzeitig kümmert, und das sogar erfolgreich. Seien es die Feinheiten der Veröffentlichung, die Covergestaltung oder die Illustrationen, auch die Hauptwerbung hat er organisiert

und damit das Interesse an meinem Erstlingswerk deutlich gesteigert.

Mit unermüdlichem Eifer (manchmal vielleicht ein bisschen zu viel) hat er sich in das Projekt gestürzt und wir haben es gemeinsam statt einsam durchgezogen =)

Anja: die Testleserin (und noch viel mehr)

Alle bisher genannten Personen haben ihren Anteil an diesem Buch, und ebenfalls alle hatten und haben einen Platz in der Freundesliste des Autors. Doch über 10 Jahre ändert sich natürlich auch einiges, und manche Bindungen werden lockerer über die Jahre... doch trifft das nicht auf meine 1. und treueste Testleserin Anja zu. Die Bindung zwischen uns ist seit der Veröffentlichung des 1. Buches weitaus enger geworden als es damals den Anschein hatte, und die Freude über diese Entwicklung zaubert mir auch heute noch ein Lächeln ins Gesicht.

Und zu guter Letzt: meine Leser

Ohne Leser gibt es auch keinen Autor, oder zumindest würde dieser Autor nichts veröffentlichen, sondern nur für sich selbst schreiben. Aber es gibt euch, und ich bin jedem von euch dankbar und hoffe, dass ich euch weiterhin gut unterhalten kann!

Kapitel 1

„Wäh! Was ist das denn, verdammt?!" Die Stimme hallte durch die Flure der Polizeiwache. Erschrockene Blicke richteten sich auf die Person, von der die Worte kamen. Angewidert blickte Max auf den Becher in seiner Hand, ehe er ihn mit verzogenem Gesicht in die Topfpflanze leerte, die praktischerweise neben dem Wasserspender aufgestellt wurde. Er sah sich suchend um, aber offenbar hatten alle seine Kollegen etwas Besseres zu tun als sich von ihm anmeckern zu lassen. Jedenfalls war niemand mehr auf dem Gang zu sehen. In Ermangelung einer Alternative ging er in das Büro seines Kumpels Arni, in der Hoffnung dort jemanden zu finden, bei dem er etwas Dampf ablassen konnte. Arni, der den Spitznamen aufgrund seiner Oberarme bekommen hatte, saß wie üblich hinter seinem Schreibtisch und wirkte wie immer gut gelaunt. *‚Aber nicht mehr lange...'*
„Arni!"
„Ey, Max, was läuft?"
„Auf jeden Fall nicht das Wasser im Spender. Was ist das für eine Siff-Brühe?"
„Ah ja, das hast du noch gar nicht mitbekommen, wir haben einen neuen Wasserlieferanten."

„Das habe ich bemerkt, aber warum der Mist?"

„Na ja, ich schätze mal, weil es billiger ist. Ich habe etwas gehört von weniger als 10 Cent pro Liter, du weißt ja, der Staat muss sparen, um den ausgeglichenen Haushalt zu erhalten."

„Und wer zahlt die Zeche? Der kleine Mann auf der Straße..."

„Nun, kleiner Mann trifft bei dir ja zu, Max. Mit deinen knappen Eins-siebzig."

„Gute Eins-siebzig, ja? Und verdammt, wie viel hat denn bitte das alte Wasser gekostet?"

„Ich glaube... 11 Cent pro Liter."

„Und was für ein beknackter Lieferant ist das nun?"

„Paramo, Frank Paramo." Max verzog wieder das Gesicht. „Oh nein, nicht dieser Furz..."

„Was hast du gegen den Typen?"

„Abgesehen von seinem Wasser, dass er ein arroganter, dummer und selbstgerechter Scheißhaufen ist."

„Woher kennst du ihn eigentlich?"

„Wir waren einmal im selben Sportverein. Und er kommt aus meiner Heimatstadt."

„Du meinst wohl Heimatdorf. Unter 1000 Einwohnern ist das nicht einmal im Ansatz eine Stadt."

„Wie auch immer, der Kerl ist ein Affe. Das war er damals und so, wie sein Wasser

schmeckt, ist er das auch heute noch."
„Dann sollte er wohl lieber Bananen verkaufen." Ein leichtes Lächeln umspielte Max' Mundwinkel.
Arni hatte es sogar geschafft, ihn etwas aufzumuntern, aber nur ein wenig. „Gibt es sonst noch etwas Neues, was ich wissen müsste?" Arni strich sich durch seine schwarzen gegelten Haare, wie immer, wenn er nachdachte. „Hm, der neue Wasserlieferant, ein Viertel der Kollegen sind krank, nochnmal so viele im Urlaub, und wir Idioten hocken hier herum und weil wir nicht wissen, mit welcher Arbeit wir anfangen sollen, machen wir lieber gar nichts." Klang wie ein üblicher Arbeitstag.
Max wollte sich gerade mit einem ‚Schönen Tag noch' umdrehen und wieder verschwinden, als Arni's Telefon klingelte und dieser heftig nach dem Hörer griff. Arni konnte es auf den Tod nicht leiden, wenn ein Telefon öfter als einmal klingelte.
„Polizeiwache Altstadt, Klein am Apparat." Arni hasste seinen Nachnamen, besonders mit einer Körpergröße von fast 2 Metern.
Er stellte einige Standardfragen und machte sich ein paar Notizen, ehe er mit „Danke und schönen Tag noch" auflegte. Er sah Max mit einem verschmitzten Grinsen an.
„Also, was gibt es?", fragte er, nachdem mehrere Sekunden nichts passierte.

„Es gibt Arbeit, wir haben einen toten Taucher."

„Aha, ok, dann fahr' ich mal los zum See."

„Nicht zum See."

„Gut, dann zum Flussufer, wo liegt der Kunde?"

„Nicht am Flussufer."

Langsam riss sein Geduldsfaden. „Ist der Kerl beim Tauchen in der Badewanne ersoffen oder was?"

Arni's Grinsen wurde noch schiefer. „Bingo!"

Max starrte ihn mit großen Augen an. „Willst du mich verarschen?"

„Nein, wir haben tatsächlich einen toten Taucher in der Badewanne!" Er reichte Max grinsend den Notizzettel mit der Adresse. „Viel Spaß beim Lösen des Falls!"

Kapitel 2

Max war bei der Adresse angekommen, die Arni ihm gegeben hatte und fühlte sich gleich an seine Kindheit erinnert. Das Haus war etwa 4 Jahrzehnte alt, anscheinend noch mit dem ersten, schätzungsweise gelben Anstrich und wunderbar alten, vermutlich schlecht oder gar nicht isolierten Holzfenstern.

Er wischte die Gedanken an seine Kindheit beiseite und trat durch die offene Haustür. Das Innere des Hauses war eine Fortsetzung der Außenansicht. Max sah sich suchend um, aber es schien kein Aufzug vorhanden zu sein.

‚Na ja, bei 3 Stockwerken auch eher unüblich, aber trotzdem ist die Treppe Behinderten gegenüber ein unüberwindbares Hindernis.'

Als Max schwer atmend im 2. Stock ankam, waren der Gerichtsmediziner und die Spurensicherung schon da. Außer natürlich Arni, der aufgrund der vielen Krankheitsausfälle im Revier die Stellung halten musste.

Max schob sich an ein paar Jungs, die an der Wohnungstür Fingerabdrücke sicherten, vorbei und sah sich in dem Flur der Wohnung um. Nicht gerade geräumig und schon gar nicht wohnlich, ziemlich trist und eine abscheuliche Tapete. Das erinnerte ihn sowohl an seine Kindheit, als auch an seine aktuelle Wohnung.

Nach kurzem Überlegen, welche der 5 anderen Türen wohl zum Badezimmer führen würde, entschloss er sich seinen Kindheitserinnerungen zu folgen. Also nahm er die Tür gleich links und siehe da, die richtige Tür! Der Gerichtsmediziner stand neben der Badewanne und machte sich Notizen.

„Hey Leichenfummler, was haben wir hier?"
„Hi Max." Er sah nicht auf und bearbeitete weiterhin seinen Notizblock. „Meinst du, abgesehen vom Offensichtlichen? Der Junge ist zu weit rausgeschwommen und hat zu lange mit zu wenig Sauerstoff getaucht."

„Sehr lustig. Aber im Ernst, ist der Kerl beim Tauchen ertrunken? Und wenn ja, wie zum Teufel soll das gehen?"

„Wie du dir vorstellen kannst, hab ich ihn noch nicht aufgeschnitten, also ist meine Untersuchung nicht nur nicht vollständig, sondern auch rein spekulativ und nicht faktisch fundiert." Ein Oberlehrer war nichts dagegen.

Max kniff die Augen zusammen und rieb sich die Schläfen. „OK Doc, dann eben rein subjektiv, wie ist deine Vermutung?"

„Es scheint so, als ob er ertrunken ist, das passiert mehr Leuten in der Badewanne, als man glaubt. Zu wenig Schlaf, zu viel Müdigkeit oder Erschöpfung von der Arbeit, manchmal in Verbindung mit Alkohol oder Drogen und schon hat man eine Wasserleiche in der Badewanne. Allerdings wäre es mir neu, dass jemand zum Baden einen Taucheranzug anzieht."

„Dann sind wir uns in dem Punkt wohl einig."

Max betrachtete den Kopf des Toten, der mit der Taucherbrille und dem Schnorchel unfreiwillig komisch wirkte.

„Haben wir irgendwelche Verdächtigen?"

„Nicht wirklich. Rede mal mit dem Hausmeister und der Mieterin von der Wohnung direkt unter dieser hier, die sind in ihren Wohnungen. Der Hausmeister ist im Erdgeschoss in der Hausmeisterwohnung, beide haben die Leiche gefunden, das dürfte dir gefallen."

Was er damit meinte, war ihm zwar nicht klar, aber egal, jetzt hieß es die Treppen wieder nach unten. Und verdammt, durch den krankheitsbedingten Personalmangel wurden die Beiden, die die Leiche gefunden hatten, noch nicht vorverhört, das hieß, alles blieb an ihm hängen.

Jetzt war nur die Frage, wen er zuerst verhören sollte und entschied sich für die Frau, ein Stockwerk tiefer, so musste er die Treppen nicht unnötig oft rauf und heruntersteigen.

An ihrer Tür angekommen, betätigte Max den Klingelschalter. Kein Knopf, sondern ein

kleiner, altmodischer Taster in Lichtschalte-
roptik, der im Dunkeln ein schwaches, grünes
Leuchten abgeben sollte.

*‚Haben die das verkackte Haus nach meinen Kind-
heitserinnerungen gebaut oder was?!'*

Das altertümliche 'Ding-Dong' ließ sofort
Schritte im Flur entstehen. Kurz darauf wurde
die Tür aufgerissen, das Gesicht, welches in
der Türöffnung erschien, erinnerte eher an eine grimmige Halloweenmaske, als an einen
Menschen, dank der stark überschminkten
Augen und dem bösartigen Blick.

„Guten Tag, ich bin…"

„Wir geben nichts! Verdammte Schnorrer!"
Mit diesen Worten wurde die Tür wieder ins
Schloss geworfen.

Max zog eine Augenbraue hoch, während der
Knall der Tür im Treppenhaus widerhallte. Er
überlegte, ob er erneut klingeln oder lieber seinen Job an den Nagel hängen sollte, entschied
sich dann aber doch für Ersteres.

Nach kurzer Zeit war gedämpftes Gebrüll
hinter der Tür zu vernehmen. „Kapieren es
diese versifften Penner denn nie?!" Die Tür
wurde wieder aufgerissen und das Gesicht,
dass diesmal in der Tür erschien, erinnerte
nur noch entfernt an einen Menschen, ge-
schweige denn an eine Frau. „Es gibt kein
Geld, keinen Schnaps kein…"

„Kommissar Max Schneider, Mordkommission. Ich bin hier, um sie über den Vorfall zu befragen.", schnitt er ihren Redeschwall ab.

Die Worte schienen angekommen zu sein, die entgleisten Gesichtszüge versteinerten und der böse Blick wich Entsetzen. „Sie sind... oh, bitte entschuldigen Sie! Ich hielt sie... ich meine, Ihr Aufzug... aber ich verstehe, Sie haben wahrscheinlich verdeckt ermittelt bei den Pen... bei den Obdachlosen hier bei uns in der Gegend. Kommen Sie doch bitte rein!" Sie drehte sich um und watschelte durch den Flur in ihre Küche.

Max sah an sich herunter. *,Was passt denn dieser alten Schnalle nicht? Der abgewetzte Mantel, die ausgelatschten Schuhe?'* Oder störte sie sich an seinem T-Shirt mit der Aufschrift 'Böhse Onkelz'? Na ja, egal... Max folgte ihr so unauffällig wie möglich.

In der Küche angekommen, bot sich ihm der Anblick von mindestens 3 Tagen nicht gespültem Geschirr und einem Fliesenboden, der als solcher fast nicht mehr zu erkennen war aufgrund überall herumliegender zerfledderter Zeitungen. Und wäre das nicht genug gewesen, sprang ihn ein kleiner scheiß Kläffer wütend und bellend an. Max wäre vor Schreck fast über die leeren Weinflaschen neben der Küchentür gestolpert.

„Aus Zecke, aus!" Brüllte die Schabracke ihrem Mini-Terrier zu, doch den schien das nicht weiter zu beeindrucken. „Warten Sie, ich nehme ihn auf den Arm, dann beruhigt er sich! Bei fremden Leuten regt er sich immer ein bisschen auf."

‚Ein bisschen?!'

Als sie den Hund halb auf dem Arm und halb auf der Schulter hatte, begann er sich zu winden wie eine Schlange, knurrte und deutete an, der Alten ins Ohr beißen zu wollen. „Ja, so ist brav Zecke."

‚Warum hab ich nur das zweite Mal geklingelt?'

Max zählte in Gedanken bis 10 und nahm sich vor, diese Befragung so schnell wie möglich hinter sich zu bringen.

„Also Frau... wie war noch gleich Ihr Name?" Wie üblich hatte Max vergessen, sich bei seinen Kollegen näher zu erkundigen und an dem Klingelschalter stand auch kein Name.

„Busch, Hildegard Busch."

‚So seh'n Sie auch aus...' „Sie haben also den Toten zusammen mit dem Hausmeister gefunden, wie kam es dazu?"

Frau Busch holte tief Luft. Max richtete sich schon auf einen nicht enden wollenden Redeschwall ein.

„Also, Herr Kommissar, das war so: Ich bin heute Morgen, oder besser gesagt, schon ein wenig auf Mittag, ins Badezimmer. Ich wollte mich frisch machen, es war ja so eine heiße Nacht, da schwitzt man sich ja die Seele aus

dem Leib. Da klebt ja alles und das ist ja wirklich nicht mehr feierlich. Also ging ich ins Bad und da seh ich doch gleich, wie von der Decke das Wasser tropft. Der ganze Boden war schon nass. Ich dachte natürlich, da ist irgendwo ein Rohr geplatzt, aber dann kam es mir, dass der Typ, der über mir wohnt, dieser Lennard Meyer, dran schuld ist, weil der ja schon immer ein Störenfried war. Der wischt nicht die Treppe, kehrt nicht den Hof, lässt seine Schuhe im Treppenhaus herumstehen und erst diese Kumpels, seine Arbeitskollegen. Wenn die zusammen Party feiern, also wirklich. Ich bin wirklich keine Person, die anderen was missgönnt, aber ein wenig Ordnung muss sein..."
Max sah sich noch einmal in der Küche um. *,Hm, ist klar...'* Das Ganze ging noch einige Minuten weiter, wobei sich alles immer wiederholte und Max wurde es langsam zu viel... Er hob die Hand, um der Dame zu zeigen, dass sie einhalten sollte. „Danke, das alles war sehr... aufschlussreich. Ich werde erst einmal... verarbeiten und dann melde ich mich bei Ihnen."
„Aber Sie haben ja erst die Hälfte gehört, da gibt es noch viel mehr was Sie interessieren dürfte!"
,Großer Gott, nein, bloß nicht!' „Natürlich, ich verstehe, aber wir können so viele Informationen nicht auf einen Schlag verarbeiten." *,Ge-*

schweige denn wollen.' "Also ich werde mich melden. Und rufen Sie nicht uns an, wir rufen Sie an, machen Sie's gut Frau Busch!" Mit diesen Worten stürzte Max zur Wohnungstür und fühlte sich erst sicher, als das Schloss hinter ihm eingerastet war... Nach dieser mehr als verstörenden Unterhaltung mit Frau Busch, hoffte Max, dass der Hausmeister ein normaler Mensch wäre, zumindest ein wenig normaler als diese Schnapsbirne.

Er kam vor der Tür des Hausmeisters im Erdgeschoss an und drückte den Klingel-Taster und welche Überraschung: Das altbekannte Ding-Dong wurde durch ein wesentlich moderneres Ding-Ding-Dong ersetzt.

Wenige Sekunden später wurde die Tür geöffnet und ein circa Mittfünfziger stand vor Max.

„Guten Tag, ich bin Kommissar Max Schneider und wollte Ihnen ein paar Fragen zu dem Taucher stellen."

„A-ah ja, k-kommen S-sie d-doch b-bitte r-rein."

Max zog unwillkürlich eine Braue hoch. *‚Will mich der Kerl verarschen, oder ist der so nervös?'*

Als sie gemeinsam am Küchentisch saßen, erklärte der Hausmeister, dass er seit frühester Kindheit stotterte, es aber ganz gut im Griff habe, solange er nicht zu gestresst war.

„In diesem Haus zu dieser Zeit wohl kaum möglich, ohne Stress zu leben", meinte Max

mit einem Lächeln.
„Ha, ja d-da h-haben Sie wohl R-recht."
„Also Herr Heinzelmeier, fühlen Sie sich imstande mir zu erzählen was vorgefallen ist?"
„N-nun, es i-ist e-etwas s-schwierig, aber i-ich habe da e-etwas v-vorbereitet..."
Mit diesen Worten reichte er Max ein DIN A-4-Blatt und nach einem kurzen Stirnrunzeln begann Max zu lesen:

„Hören Sie, ich will wirklich niemanden anschwärzen oder sowas, aber das recht!"
Die keifende Frauenstimme erfüllte das gesamte Treppenhaus und biss sich in seinen Gehörgang. Er wollte sich schon fast die Ohren zuhalten und anfangen ‚Lalala' zu singen, aber das wäre womöglich falsch rübergekommen.
„Ich bin wirklich niemand, der sich über Vieles aufregt..."
‚Nein, natürlich nicht, nur über alles...'
"...und ich will auch niemandem etwas Schlechtes nachsagen..."
‚Na sicher!'
„...aber dieser Mieter, dieser Dreckskerl, der da über mir wohnt, der tut einfach Dinge, die man nicht tut!"
‚Wie zum Beispiel dem Hausmeister einen Hörschaden aufzulabern?'
„Ich sage Ihnen, diesen Schaden werde ich nicht bezahlen, den soll der bezahlen, aber so wie der

aussieht hat der eh nix drauf, so ein Parasit wie der!"

‚Oder ein Parasit wie Sie einer sind?'

Mittlerweile waren sie an der Wohnungstür angekommen, doch ehe er den Generalschlüssel ins Schloss steckte, klingelte er nochmals, obwohl auf das zweimalige Klingeln an der Haustür schon keine Reaktion folgte.

„Das können Sie sich sparen Herr Heinzelmeier, der wird sowieso wieder betrunken sein. Machen Sie sich schon mal auf einen starken Alkoholgeruch gefasst!"

‚Ich habe hier schon einen starken Alkoholgeruch in der Nase... aus ihrer Richtung...'

Als nach etwa einer halben Minute, die ihm durch den Redeschwall von halb links hinter ihm eher wie eine halbe Stunde vorkam, schob er den Schlüssel ins Schloss und öffnete die Tür.

Entgegen der Warnung roch es ganz angenehm, Fliederraumspray vermutlich. Es war dunkel, er sucht und fand den Lichtschalter. Nach Betätigung erstrahlte eine nackte Glühbirne an der Decke und tauchte den Eingangsbereich der Wohnung in ein schmuckloses, dumpfes Licht. Das dürfte maximal eine 25 Watt Birne sein, oder eine recht altersschwache LED.

Er rief den Namen des Mieters, während er seinen Blick durch den Flur schweifen ließ, keine Antwort.

Dann blieb wohl nichts anderes übrig, als sich in

den Räumen umzusehen, was Herrn Heinzelmeier in fremden Wohnungen immer widerstrebte.

Als er noch darüber nachdachte, welche der 5 geschlossenen Türen er als Erste öffnen sollte, mischte sich auch wieder Frau Busch ein.

„Sehen Sie sich gleich das Badezimmer an, die erste Tür links direkt neben der Küche!"

‚Sie haben wohl den Grundriss des Hauses studiert...'

„So einen Wasserschaden hab ich wirklich noch nie erlebt, aber bei diesem Kerl wundert mich gar nichts mehr!"

‚Oh mein Gott! Wenn du hohle Nuss nicht bald die Schnauze hältst, wirst du gleich was erleben! Dann gibt's hier 'ne Leiche!'

Herr Heinzelmeier öffnete die Badezimmertür, noch ehe er etwas sah, hörte er schon tropfendes Wasser. Nachdem er eingetreten war, fühlte er unter seinen Sohlen das Wasser.

Auf der Suche nach der Quelle fand sein Blick die Badewanne, die bis zum Rand mit Wasser gefüllt war. Das an sich war schon seltsam genug, jedoch waren das Paar Füße auf dem Badewannenrand noch seltsamer, sie steckten in Schwimmflossen.

Herrn Heinzelmeier gingen die Augen über, während sich die Keif-Tussi an ihm vorbei in das Badezimmer drückte und schon zu einer neuen Läster-Attacke ansetzte, als sie das Gleiche Sah wie er. Und, oh Wunder!, es verschlug ihr die Sprache.

Jetzt gab es hier wirklich eine Leiche, einen toten

Taucher in der Badewanne...

Max sah den Hausmeister verdattert an.
„Schreiben sie Romane in Ihrer Freizeit?"
„H-hehe, ja, e-ein wenig."
Das Stottern wurde besser, anscheinend entspannte sich Herr Heinzelmeier langsam.
Nach ein paar weiteren Wortwechseln verabschiedete sich Max und machte sich auf den Weg zu seinen Kollegen.
Von Ihnen erfuhr er, dass keine weiteren Befragungen anstanden, da man den Hausbesitzer noch nicht erreichen konnte und die anderen Mieter scheinbar nicht Zuhause waren, also hatte Max hier nichts mehr zu tun.
Er fuhr zurück ins Büro und schrieb eine enorm wichtige Notiz an seinen Chef, jedoch nicht den Fall betreffend, es ging um etwas viel Wichtigeres: das Wasser im Spender des Polizeipräsidiums...

Kapitel 3

„Bäh!" Dieses Mal musste er in hohem Bogen ausspucken. Für die Leute um ihn herum musste es aussehen, als hätte ein Wal Husten.

„Was ist das denn jetzt für eine Plörre?!"

Arni kam auf seinem Stuhl aus seinem Büro gerollt, bevor Max wieder zu ihm hineinstürmen würde.

„Paramo's Quellwasser mit Aroma", rief er Max über den Flur zu.

„Und was für ein Aroma soll das sein?", wollte Max wütend wissen. „Gülle?"

„Nicht ganz, das sollte Mango sein", meinte Arni verschmitzt.

Max sah mit zornesrotem Gesicht in seinen halbvollen Becher. „Ich werd' mich beim Chef beschweren!"

Keine Minute später stand Max in der Tür von seinem Chef, natürlich ohne anzuklopfen, der gerade ein Telefongespräch führte.

„So läuft das hier nicht, ich werde diese Pisse keinen Tag länger trinken, ist das klar?", polterte Max ohne Begrüßung los.

Max' Chef blickte missbilligend auf, sein Gesicht machte farblich dem von Max Konkurrenz.

„Entschuldigen Sie mich bitte, Herr Innenminister, hier ist gerade ein ehemaliger Mitarbeiter in meinem Büro. Ich rufe Sie zurück."

Nach einem hörbar tiefem Luftholen stand Dr. Mutzvink auf und blickte Max tief in die Augen.

„Was fällt Ihnen eigentlich ein, Sie Hinterland-Columbo?!", schrie er Max an.

„Was fällt Ihnen ein, Schmutzfink?", gab Max in gleicher Lautstärke zurück. „Das Wasser im Spender ist eine Zumutung! Haben Sie überhaupt meinen Beschwerdebrief gelesen?"

Dr. Mutzvinks Gesicht nahm einen noch dunkleren Rotton an.

„Deswegen stürmen Sie hier rein und machen mich zum Gespött im Innenministerium?!"

„Haben Sie schon mal einen Schluck davon probiert? Oder einen ganzen Becher? Dann haben Ihre Geschmacksnerven aber Feierabend, da können Sie sich Ihren Kaviar und den Schampus nicht mehr schmecken lassen, das verdammte Wasser tötet alles ab!"

Dr. Mutzvink hab die Hände resignierend über den Kopf und machte eine wegwerfende Handbewegung. „Raus hier, aber sofort! Ich kann Sie wegen dieser lächerlichen Geschichte nicht einmal rauswerfen. Wenn irgendjemand von der Dienstaufsicht in Ihrer Kündigung den rund lesen würde, hält man am Ende noch mich für verrückt anstatt Sie. Hauen Sie einfach ab!"

Max drehte sich um, doch ehe er ging, schob er noch einen Satz hinterher: „Außerdem haben Sie noch nie Hilfe dabei gebraucht um sich irgendwo zum Gespött zu machen."

„Verpissen Sie sich Schneider!", brüllte ihm sein Chef hinterher.

Als er die Tür seines Chefs hinter sich zuwarf, hatte er ein Lächeln im Gesicht. Auch wenn er keinen Sieg davongetragen hatte in Bezug auf das Wasser, fühlte er sich besser als zuvor. Immerhin hatte er seinen Chef auf die Palme gebracht ohne direkte Konsequenzen fürchten zu müssen.

Dieses Hochgefühl musste für den Rest des Tages ausreichen, während er durstig in seinem Büro sitzen und einen Zwischenbericht über den Fall verfassen würde, bevor er sich mit den nächsten Leuten unterhielt: den Arbeitskollegen und dem Vermieter von dem toten Taucher.

Kapitel 4

„Arni, ich brauch' ein paar Infos!"
„Sollst du kriegen Max." Arni rollte hinter seinem Schreibtisch hin und her, zog an ein paar Schubladen und hämmerte auf seine Computertastatur ein. „Was darf's denn sein?"
Max verdrehte die Augen. „Na was wohl? Die Namen und Adressen von den beiden Typen, die mit diesem Lennard Meyer arbeiten und die von Frau Buschikowsky als asozialer Müll bezeichnet wurden."
„Na klar Max, hier!" Mit diesen Worten reichte er Max einen Zettel.
„Alles klar, wir seh'n uns!" Max machte sich auf das Büro seines Kollegen zu verlassen, als Arni ihn zurückpfiff.
„Du wirst nur nicht viel Glück haben, wenn du zu denen nach Hause fährst..."
„Und weshalb?"
„Die beiden Jungs sind schon da."
„Wieso dass denn? Wer hat sie vorladen lassen?"
„Niemand, die Beiden sitzen unten in einer Zelle. Deswegen konnten wir sie gestern auch nicht erreichen."
Wieder sah Max seinen Kumpel und Kollegen mit großen Augen an. „Wie kommt dass denn

nun schon wieder? Sind die Beiden schon überführt oder was?"

„Nein, zumindest nicht wegen der Sache mit ihrem toten Taucherfreund, die Jungs sind bekifft auf ein Polizeiauto aufgefahren."

Max rieb sich die Stirn. „Oh Mann! Haben wir's denn zurzeit nur mit Flachzangen zu tun?"

„Möglich, aber warte mit deinem Urteil, bis du sie persönlich kennengelernt hast." Arni hatte wieder dieses schiefe Grinsen aufgesetzt.

„Danke Kleiner." Max wusste, dass Arni diese Anrede nicht ausstehen konnte. *‚Aber da muss er von Zeit zu Zeit durch...'*

Max machte sich auf den Weg zum Fahrstuhl und fuhr in den Keller, er hätte die 2 Treppen auch laufen können, aber warum sollte er, wenn es einen Fahrstuhl gab.

Unten angekommen gab es 3 Möglichkeiten weiterzukommen, links Richtung Leichenhalle, geradeaus zum Archiv und nach rechts zu den Zellen und dem Heizungsraum.

Als er vor den Zellen stand, bot sich ihm ein vertrauter Anblick, 2 jugendliche Halbstarke, schon weit jenseits der 20, aber optisch Teenies geblieben, und meist auch im Schädel nicht wirklich erwachsen. Die mit Gel verklebten Haare sahen aus als hätte jemand draufgespuckt, die grellbunten T-Shirts waren bestimmt seit 2 Wochen nicht in der Wäsche und die Hopper-Hosen hingen sonst wo, nur nicht da wo sie sein sollten.

„Schönen guten Tag!", donnerte Max los, und seine Worte verfehlten ihre Wirkung nicht, die Beiden schreckten von ihren Liegen auf und wären beinahe heruntergefallen.

„Ah, guten Tag, Herr, äh, Kommissar!", sagte der Eine.

„Freut uns sehr, Sie... zu sehen!", kam es unsicher vom Anderen.

„Ja ja, gleichfalls...", murmelte Max kurz angebunden. „Ich wollte sie Beide zum Tod ihres Freundes und Arbeitskollegen Lennard Meyer befragen."

Die Beiden tauschten nervöse Blicke.

„Schlimme Sache, echt Alter, ähm, Sir."

„Ja, ganz schlimm, was da dem armen Lenny passiert ist..."

„Da geb ich Ihnen vollkommen recht, Herr..." Max warf einen suchenden Blick auf seinen Zettel.

„Micky, Herr Polizist, und das ist Ricky." Er deutete auf seinen Zellennachbarn.

Max las die Namen auf dem Zettel, Michael Metzger und Richard Müller. Micky, Ricky und Lenny M. War das nun Zufall oder mussten solche Typen auch noch den Namen von Witzfiguren haben?

„Also wann haben Sie Ihren Freund und Arbeitskollegen zuletzt gesehen?"

Wieder tauschten die Beiden einen sehr nervösen Blick aus, ehe Micky anfing zu sprechen.

„Ja, also, das muss so vor... 2 oder 3 Tagen gewesen sein..."

„Ja, genau man, 2 bis 3 Tage etwa", pflichtete ihm Ricky bei.

Max machte sich Notizen. „Und was haben Sie da gemacht?"

„Äh", begann Ricky recht verhalten, „Ich denke, also zumindest soweit ich mich erinnern kann, haben wir... gelabert. Ja, waren ein bisschen am Chillen bei Micky."

„Ja, so war's, genau."

‚*Wahrscheinlich habt ihr da schon mehr als eine Tüte durchgezogen...*' „Und seit dem Tag habt Ihr nichts mehr von eurem Kumpel gehört, richtig?"

„Ja, genau!", kam es von den Beiden gleichzeitig.

„Und seit wann sitzt ihr hier drinnen?"

„Ja, so seit vorgestern Nacht", antwortete Micky nach kurzem Überlegen.

Nach einigen weiteren Fragen reichte es Max, er hielt diese beiden Vollpfosten nicht länger aus.

„OK, das war's erstmal. Wir hören uns noch."

„Halt, ich meine, sorry, Herr Kommissar, aber wann kommen wir hier denn wieder raus?" wollte Ricky wissen.

„Keine Ahnung", antwortete ihnen Max im Gehen. Arni hatte ihm auf dem Zettel notiert, dass sie nach der Erstbefragung freigelassen werden.

Max hatte keine Zeit sich von diesen Beiden zu erholen, es stand schon die nächste Befragung an, mit dem Vermieter von Lennard Meyer. Dieser befand sich jetzt im Mietshaus, wo die Leiche gefunden wurde und wollte sich ein Bild von dem Wasserschaden machen. Das stand alles fein säuberlich auf einer Nachricht an Max' Tür, Arni liebte es, Informationen nicht verbal, sondern per Zettel und Stift weiterzugeben...

Max war schon fast zur Türe raus, als ihm einfiel, dass er noch schnell jemanden ärgern musste, also ging er nochmals nach unten, diesmal über die Treppe, und auf direktem Weg in die Gerichtsmedizin.

„Na Doc, wie stirbt es sich hier unten?"

„Hallo Max" gab ihm der Gerichtsmediziner zurück, „Genauso gut wie eh und je. Lass mich raten, warum du hier bist..." Der Gerichtsmediziner nahm seine Brille ab und sah Max direkt an. „Du willst mich mal wieder hetzen, mir Informationen rausleiern bevor mein Bericht fertig ist, damit du mit halben Fakten wieder auf den Busch klopfen kannst, nicht wahr?" Ein leichtes Lächeln umspielte seine Mundwinkel.

Max tat überrascht. „Bin ich wirklich so leicht durchschaubar?"
„Sowas von. Also, willst du was Spezielles wissen, oder soll ich einfach losplappern?"
„Tust du das nicht sowieso?"
„Du verwechselst dich mit mir."
„Ah ja, stimmt. Also, was haben wir?"
„Er ist ertrunken."
„Tolle Info. War das nicht von Anfang an klar?"
„Nicht wirklich. Ich kann mich an einen Fall erinnern, da wurde ein älterer Mann in der Badewanne gefunden, der..." Max verdrehte die Augen, als der Doc wieder eine seiner Geschichten ausbreitete. Er bemühte sich, nur mit einem Ohr zuzuhören. „...und dann ist er mit dem Kopf gegen die Armatur geschlagen, und war tot, bevor er in die Badewanne fiel."
Max schreckte fast auf, als der Arzt aufhörte zu reden. „Äh, ja, wirklich eine tolle Geschichte. Aber unser Mann hier ist also tatsächlich ertrunken, sagst du. Auch in dieser Badewanne?"
„Das rauszufinden ist an dir Max. Aber was mir noch aufgefallen ist, das Wasser war stark verunreinigt. Zwar nicht so, dass es gesundheitsschädlich sein sollte, aber genug, dass das Wasserwirtschaftsamt, die Gemeinde und sämtliche andere Bürokraten in Deutschland dem Vermieter die Hölle heißmachen werden,

wenn sie davon erfahren, offenbar sind die Leitungen in dem Haus extrem alt und sanierungsbedürftig. Du kennst das wahrscheinlich, wenn man mal das Wasser abgestellt hat und es wieder aufdreht, aus der Leitung kommt erst mal eine sehr ansehnliche orangebraune Brühe."

„Ja, das kenne ich, so haben wir früher in meiner Familie Eistee gemacht."

Der Doc hätte fast laut aufgelacht.

Max erkundigte sich noch nach irgendwelchen anderen Verletzungen, was der Doc verneinte. Die Frage nach Drogen oder Betäubungsmitteln tat er mit einem „Das Labor ist wie wir unterbesetzt" ab.

„Also dann, danke für die Infos Doc, ich mach' mal los."

„Mach's gut Max! Sobald mein Bericht fertig ist, liegt er auf deinem Schreibtisch."

Kaum stand er wieder vor dem Haus, holten Max seine Kindheitserinnerungen wieder ein und er fragte sich, ob der Vermieter hier auch so ein alter Depp war wie früher bei ihm und seiner Mutter.

Die Haustür war verschlossen, also wollte Max beim Hausmeister klingeln, doch da wurde die Tür schon aufgerissen.

„Ah, guten Tag, Sie müssen der Kommissar sein! Kommen Sie doch rein! Ich bin der Vermieter, Klaus Ebert, freut mich!" Er streckte Max eine haarige Pranke hin.

„Kommissar Max Schneider, freut mich" drückte Max hervor.

„Kommen Sie, unterhalten wir uns, ich bin sicher, wir können das schnellstens klären, Sie wirken ja wie ein sehr kompetenter Mann!"

‚Ah, ein Schleimer...'

„Ich bin bekannt dafür sehr umgänglich zu sein, wir werden sicher keine Probleme miteinander haben!"

‚Da wäre ich mir nicht so sicher...'

Max folgte dem Vermieter und musterte ihn dabei, schwarzer geschniegelter Anzug, Klugscheißerbrille und nach hinten gekämmte Haare, er sah aus wie ein hässlicher Karl-Theodor zu Guttenberg. Der Vermieter erinnerte ihn unweigerlich an seinen Chef. Oben bei der Wohnung des Opfers angekommen sah Max das zerstörte Polizeisiegel an der Tür. „Waren Sie schon in der Wohnung?"

„Ja, natürlich, ich musste mir ja ein Bild des Schadens verschaffen."

„Ein Polizeisiegel darf nicht von Zivilpersonen entfernt oder beschädigt werden, auch nicht vom Hauseigentümer." Max' sachliche Beamtenstimme schien Herrn Ebert nicht zu gefallen.

„Aber Ihre Kollegen wussten doch, dass ich hier..." Max unterbrach ihn.

„Meine Kollegen haben Ihnen gesagt, dass Sie den Schaden in der Wohnung darunter begutachten können, und ich dazu komme, dass wir diese Wohnung hier in Augenschein nehmen können." Sachlichkeit war eigentlich nicht Max' Stärke, aber im Moment machte es ihm Spaß.

Herr Ebert schien innerlich mit sich zu ringen, ob es klug war, mit einem Polizisten einen Streit vom Zaun zu brechen, wegen eines gebrochenen Polizeisiegels, und entschied sich dagegen. „Dann war das wohl ein kleines... Missverständnis, nichts für ungut, Herr Kommissar." Das schiefe schleimige Grinsen hätte Max diesem Kerl nur zu gern aus dem Gesicht gewischt...

Sie gingen gemeinsam in die Wohnung und sahen sich das Bad an, Ebert konnte nicht anders und musste immer wieder davon reden, was das alles kosten wurde. Als er genug gejammert hatte, fragte ihn Max nach dem Verstorbenen Lennard Meyer.

„Nun ja, er war, wenn man so sagen will, nicht gerade vorbildlich, er hatte keine gute Auffassung vom Leben wie es scheint, und Pflichten interessierten ihn auch nicht besonders, soweit ich gehört habe, von wegen Straße kehren, Schnee schieben und Treppenhaus wischen, aber es ist ja auch die Sache des Hausmeisters, nicht meine, sich darum zu kümmern, dass die Mieter ihre Pflichten erfüllen. Und Herr Heinzelmeier scheint das etwas zu lasch zu handhaben."

Jetzt wollte dieser Kerl also auf dem Hausmeister herumhacken, die einzige Person in diesem Haus, die Max nicht vollkommen unsympathisch war, auch wenn das Gestotter nervtötend war. Max erkundigte sich nach den anderen beiden Wohnungen.

„Ja, also Herr Üzgül aus dem ersten Stock ist im Urlaub in der Türkei. Und die Wohnung hier gegenüber... steht seit einer Weile leer." Herr Ebert hatte einen Moment gezögert.

„Und weshalb?", wollte Max wissen.

„Na ja, wissen Sie, es ist nicht leicht gute Mieter zu finden."

„Hm, verstehe." Max sah sich um. „Bestimmt genauso schwierig wie eine gute Wohnung."

„Ja, da haben Sie sicher recht." Ebert lächelte.

‚Der Idiot hat den Seitenhieb nicht mal bemerkt...'

Es wurden noch einige Fragen gestellt, unter anderem wo sich Herr Ebert in der Nacht des Mordes befand, er war laut seiner Aussage zu Hause im Bett, seine Frau könnte das bestätigen, auch wenn sie geschlafen hatte. Die Frage, wie das gehen sollte, obwohl sie geschlafen hatte verkniff sich Max. Er verabschiedete sich und wollte gerade die Treppe nehmen, als ihm etwas einfiel.

„Ach ja, Herr Ebert, Sie sollten mal die Wasserleitungen in diesem Gebäude checken lassen."

Der Vermieter sah ihn irritiert an. „Warum dass denn?"

„Nur so ein Gefühl. Nicht, dass Sie noch Ärger kriegen", sagte Max mit einem spitzbübischen Lächeln.

Wieder im Polizeirevier angekommen sah Max seine Notizen durch, unter anderem den Roman von Herrn Heinzelmeier. ‚Der ganze Mist bringt mich kein Stück weiter...' Das Einzige, was wirklich klar war, die beiden Kiffer-Kumpels von Lennard Meyer verbargen etwas, aber einen Mord traute er diesen Idioten nicht mal im Ansatz zu, außerdem war immer noch nicht klar, ob es sich überhaupt um Mord handelte.

„Hey Max! Na, was macht der Fall?" Arni kam ihm gerade Recht.

„Der macht nichts Anständiges, nur Arschlöcher so weit das Auge reicht, abgesehen vom Hausmeister. Keiner konnte den Kerl wirklich leiden, aber es gibt auch keinerlei Anhaltspunkte, dass er ermordet wurde. Laut dem Doc keine Verletzungen. Das toxikologische Gutachten dauert noch, und wir können wohl nichts weiter tun als darauf zu warten."

„Na das ist doch genau das, was du gerne tust Max. Auf dem Hintern sitzen und nichts tun." Arni grinste ihn an. „Da fällt mir ein, der Chef hat mir gesagt, er wartet immer noch auf den Abschlussbericht über den Bankräuber, den du letzten Monat geschnappt hast, wenn du nichts Anderes zu tun hast, kümmer dich doch darum."

Max verzog das Gesicht. „Verdammt, ich hab gesagt, ich schreib' keinen verdammten Bericht, bis ich seine Komplizen gefunden hab!"

„Und Dr. Mutzvink ist sich sicher, dass er allein gehandelt hat."

„Nie im Leben, aber das krieg' ich schon noch raus. Aber nicht heute, jetzt will ich mich erstmal entspannen..."

„Wie du meinst Max. Ach ja, ich hab hier noch die Daten von dem Chef von Micky, Ricky und Lenny, willst du dich mit dem noch befassen?"

„Wieso sollte ich? Der Chef von denen geht mir am Arsch vorbei." Max streckte sich und legte die Füße auf den Schreibtisch. „Wer ist der Chef von denen überhaupt?"

„Paramo", antwortete Arni trocken. Max wäre fast rückwärts vom Stuhl gefallen.

„WER?!"

„Frank Paramo, Geschäftsführer und Eigentümer von Paramo's Wasserparadies", sagte Arni mit einem Grinsen.

Max Miene versteinerte. „Lad mir diesen Kerl vor."

„Und weswegen?"
„Ist mir scheißegal. Von mir aus wegen dem Mord an Kennedy, Elvis und Barschel, ich will, dass dieser Kerl hier in einer Zelle landet!"

Max saß wie auf heißen Kohlen, während er darauf wartete, dass Paramo endlich auftauchte. Um sich die Zeit zu vertreiben hatte er sich von Arni breitschlagen lassen, nochmal den Bankräuber „Roy" zu verhören. So saß er nun in einem der drei Verhörräume diesem Kerl gegenüber, der sich seit seiner Inhaftierung vor gut zwei Wochen durch beherztes Schweigen auszeichnete. Max sah dem Kerl ins Gesicht, er hatte sich einen halbherzigen Schnauzbart stehen lassen, was sein verbeultes Gesicht zwar nicht hübscher, aber zumindest auch nicht hässlicher machte.
„Also Roy, wollen wir nochmal von vorne anfangen?" Von wollen konnte bei Max zwar nicht die Rede sein, aber irgendwas musste er ja sagen, um die Zeit rumzukriegen. „Wir beide wissen, dass du die Banken nicht alleine ausgeräumt hast, jemand hat dir die Pläne der Gebäude besorgt und jemand wird auch den Fluchtwagen gefahren haben, während du dein Alibi besorgt hast. Und wir haben in deiner Hütte nur die Kohle vom letzten Raub gefunden, also muss jemand den Schotter für

dich verstecken."

Roy blickte gelangweilt zur Decke. „Warum glauben Sie mir eigentlich nicht, dass ich die Kohle verbuddelt hab und mich einfach nicht erinnern kann, wo."

„Weil du nicht so bescheuert bist, dass wissen wir auch Beide. Du hast von Anfang an so einfältig getan, wolltest den Eindruck vermitteln, dass du nicht bis drei Zählen kannst, aber mich legst du nicht rein. Du hast alles geplant, auch wie du uns auf die falsche Fährte führst, aber wir haben dich trotzdem erwischt." *‚Genauer gesagt, ich hab dich erwischt.'*

„Danke, dass Sie mir eine große Begabung für solcherlei Pläne zutrauen, aber Sie ehren mich zu sehr Herr Kommissar." Diese ruhige Stimme trieb Max fast zur Weißglut.

Max überlegte, wie er ihm eins Reinwürgen konnte, als es an der Tür klopfte. „Ja?"

Arni steckte den Kopf in den Raum. „Max, dein Besuch ist da."

‚Na endlich!' „Also Roy, letzte Chance vertan, einer deiner Komplizen ist da und will auspacken. Die Hafterleichterungen und die Haftverkürzung hat er sich jetzt verdient." Er setzte ein gespieltes Triumph-Lächeln auf.

Für einen Augenblick sah Max ein Zucken in Roy's linkem Auge, ehe er wieder ganz ruhig sagte: „Na dann können Sie ja zufrieden sein. Machen Sie's gut Herr Kommissar."

‚Mist... Aber er wird wenigstens nervös.' Max
verließ das Verhörzimmer und folgte Arni.
„Wo sitzt der Arsch von Paramo?"
„In deinem Büro."
„Warum dass denn?", blaffte Max seinen Kollegen an. „Ich hab gesagt, du solltst..."
„Ja ja, ich weiß, ihn wegen der Morde an Kennedy, Elvis und Barschel einbuchten, nur dumm, dass Elvis nicht ermordet wurde."
„Ja ja, ich weiß, Elvis lebt." Max rieb sich die Schläfen, kurz bevor er in sein Büro eintrat.
Paramo wandte den Kopf. als er Max sah, fletschte er seine riesigen weißen Zähne.
„Max, na wie gehts dir?" Er wollte aufspringen, doch Max bedeutete ihm sitzen zu bleiben.
„Hallo Frank. Geht soweit."
„Ja, das sieht man. Hast dich ja ganz schön gehen lassen seit unserer Zeit im Sportverein."
Ein unverschämtes Grinsen begleitete seine Beleidigung.
„Kommen wir zur Sache. Wir haben hier einen Toten, der bei dir gearbeitet hat."
„Aha, und was geht mich das an?"
„Seine zwei besten Kumpels arbeiten auch bei dir."
„Ja, und was willst du damit sagen?" Paramo wurde. langsam ungeduldig.
‚Ja, was will ich eigentlich damit sagen? Ich will dich wegen irgendwas einbuchten du Penner!'

„Herr Paramo" Max versuchte es auf die förmliche Art. „Der Tote hat bei Ihnen gearbeitet, seine besten Freunde ebenfalls, wir vermuten ein Gewaltverbrechen und Sie sind als Arbeitgeber eine wichtige Informationsquelle."

„Und für welche Art Informationen?"

„Zum Beispiel, ob Sie irgendeine Art von Streit mitbekommen haben zwischen den Dreien oder mit anderen Angestellten."

Paramo dachte kurz nach. „Nein, nichts dergleichen. Bei uns im Betrieb wird Harmonie großgeschrieben."

‚*Ja, sicher...*' „Haben Sie sonst etwas mitbekommen, was Ihnen komisch vorkam, wenn auch erst im Nachhinein?"

„Nein, obwohl..."

„Ja, reden Sie nur weiter." Max wurde neugierig.

„Neulich, also vor etwa einer Woche, vielleicht vor 10 Tagen, da haben sich die Drei unterhalten. Als ich an ihnen vorbeigegangen bin wurden sie plötzlich ganz still, als ob niemand was von dem Gespräch mitbekommen sollte. Ich hab nur ein paar Bruchstücke mitbekommen, es ging wohl um eine Silvia, einen Haufen Geld und... ich glaube, ein Schwein."

„Ein Schwein?"

„Ja, irgendwas in die Richtung, ich hab's nicht mehr genau im Kopf."

Max tippte mit seinem Kugelschreiber auf seinen Notizblock. „Sonst noch etwas?"

„Nein, sonst fällt mir nichts mehr ein."

Max senkte resigniert den Kopf. „Gut, dann können Sie geh'n Herr Paramo. Aber halten Sie sich zu unserer Verfügung." Und nach einer kurzen Pause: „Ach ja, ich würde mir demnächst gerne einmal Ihre Fabrik ansehen."

„Warum das bitte?"

„Nur um das Umfeld des Toten besser kennenzulernen. Außerdem hatte er doch einen Spind oder Schrank bei Ihnen in der Firma schätze ich mal, den wir uns ansehen müssen."

„Nun gut, wenns denn sein muss, dann melde dich morgen einfach bei mir, ich bin von 9 Uhr an in der Firma, bis etwa um 3."

Ein 6-Stunden-Tag? Toll wenn man der Chef ist...' „Gut, ich werde mich morgen bei Ihnen melden, einen schönen Tag noch Herr Paramo." Moment, er hatte fast das Wichtigste vergessen. „Übrigens, dieses Wasser mit dem Sie uns beliefern..."

„Ah, ist Ihnen schon aufgefallen, dass der Geschmack nun etwas ausgefallener ist!" Ein selbstzufriedenes Lächeln.

Ausgefallen ist wohl das richtige Wort...' „Dieses Wasser mit Fruchtaroma..."

„Ja, das ist unser Verkaufsschlager!"

„Mir schlägt es eher auf die Geschmacksnerven."

Paramo blickte Max ungläubig an. „Ach wirklich?" Das klang ungläubig und arrogant zugleich. „Nun, ich bin sicher, wir finden noch den passenden Geschmack für dich. Es gibt eben Leute, die sind Neuem gegenüber nicht so aufgeschlossen. Soweit ich es im Kopf habe bekommt das Polizeirevier eine neue Lieferung, ich werde Bescheid sagen, dass sie für dich eine klassischere Wassersorte mitbringen." Ein gönnerhaftes Grinsen folgte diesem Satz.

‚Ich bin mal gespannt...'

Frank Paramo verabschiedete sich, während Max auf seinen Notizblock starrte.

‚Silvia, ein Haufen Geld, ein Schwein? Wohin führt dieser Mist bloß noch?'

Kapitel 5

Ängstlich kauerte er hinter der Tür. Ein starkes Gefühl von Furcht hatte ihn ergriffen, da er wusste, welcher Weg ihm bevorstand. Seine zitternden Hände gehorchten ihm fast nicht mehr, als er mit der rechten Hand den Türgriff nach unten drückte, während seine andere Hand den Becher hielt. Er machte einen unsicheren Schritt nach dem Anderen, ehe er nach wenigen Metern an der Quelle seiner Angst stand.

Der Inhalt des Wasserspenders sah aus wie immer, aber das war eine trügerische Sicherheit, da die Farbe noch nichts über den Geschmack aussagte, es sei denn es wäre grün oder violett...

Er führte seine zitternde rechte Hand zum Ventil während er mit der Anderen den Becher unter den Hahn hielt. Er lauschte, wie das Wasser hineinfloss, der Wasserspender machte das altbekannte gluckernde Geräusch während sich der Becher langsam mit der klaren Flüssigkeit füllte.

Nachdem sein Trinkbehälter knapp zur Hälfte gefüllt war, führte er ihn zu seinem Gesicht, ein letzter prüfender Blick und ein Riechtest, es schien alles in Ordnung. Mit leichter Hoffnung, aber noch mehr Vorbehalten setzte er den Becher an die Lippen und trank...

„Würg! Das darf doch nicht wahr sein!" Dieses Mal musste er sich fast übergeben. Der Arbeitstag begann noch schlimmer als die beiden Vergangenen.

Ehe er wieder lautstark fragen konnte, tippte ihm Arni auf die Schulter. „Paramo's natürliches Tafelwasser, garantiert ohne schädliche Zusätze. Zumindest laut dem Werbespruch."

„Ja klar! Ohne Zusatz von gutem Geschmack, natürlich aus der Jauche-Grube!"

„Guten Morgen die Herren!" Dieser freundliche Gruß kam Max gerade Recht, er schleuderte seinen Becher mit voller Wucht direkt in die Laufbahn von Dr. Mutzvink, dem das Wasser auf die edlen Schuhe und die maßgeschneiderte Hose spritzte.

Max hatte zwar schon davon gehört, dass es Menschen gab, die so wütend werden konnten, dass sie kein Wort herausbrachten, hatte das aber immer für Gerüchte gehalten, doch in diesem Moment schien er Zeuge eines solchen Schauspiels zu werden.

Dr. Mutzvink starrte auf seine Schuhe, dann wanderte sein Blick langsam nach oben in Richtung Max. Der Ausdruck in seinem Gesicht war etwas zwischen Überraschung und purem Hass. Da er sich aber offenbar nicht entscheiden konnte, wozu er tendieren sollte, blieb er einfach so stehen und starrte Max an.

Nach einer Weile die Arni wie eine Ewigkeit vorgekommen sein musste fing Dr. Mutzvink langsam und mit größtmöglicher Beherrschung an zu sprechen.

„Es reicht mir jetzt endgültig mit Ihnen, Schneider!" Es war nur etwas mehr als ein Flüstern, aber die Alternative wäre wohl lautstarkes Brüllen gewesen. „Ende der Woche haben Sie die Kündigung in Ihrem Briefkasten, fangen Sie gleich mal an Ihren Schreibtisch auszuräumen, damit werden Sie mindestens 3 Tage beschäftigt sein, und kommen Sie mir bis dahin nicht mehr unter die Augen!" Er drehte ab in Richtung seines Büros und knallte die Tür hinter sich zu.

„Scheiße Alter, was willst du jetzt machen?"

„Irgendwo anfangen wo es anständiges Wasser gibt."

Nachdem Max noch ein paar Worte mit Arni gewechselt hatte, ging er in sein Büro und, oh Wunder!, der Laborbericht war fertig und lag auf seinem Schreibtisch. *Sowas Trockenes ohne Wasser durchzulesen ist echt beschissen*', dachte er sich, aber es musste wohl sein. Er schlug den Ordner auf und las sich ein. Stark verunreinigtes Wasser, mit Edelstahlabrieb, Bakterien und Pilzen... *Mein Gott, ein Glück, dass ich dieses Wasser nicht trinken musste! Obwohl... Schlechter als das von Paramo kann's auch nicht schmecken...'*

Max las weiter, es waren noch ein halbes Dutzend weiterer Dinge im Wasser gefunden worden, die da nichts zu suchen hatten laut Labor, doch eine Sache machte Max stutzig, Fruchtzucker. *‚Wie kommt bitte Fruchtzucker in eine Wasserleitung? Dieser verdammte Fall wirft immer mehr Fragen auf, und die Antworten sind sonst wo, nur nicht hier in der Nähe...'*

Gerade als sich Max' Laune einem neuen Tiefpunkt näherte, klopfte es an der Tür. Keine Sekunde nachdem Max „Herein" gesagt hatte, wurde die Tür aufgerissen und ein wutentbrannter Klaus Ebert trat hindurch.

„Sie... Mistkerl!" Giftete er Max an.

„Keine sehr freundliche Begrüßung. Was kann ich für Sie tun?", wollte Max leicht grinsend wissen.

„Was Sie tun können? Fahr'n Sie zur Hölle!"

„Aha. Und weswegen sollte ich das tun?"

„Wegen Ihres tollen Vorschlags, dass ich die Wasserleitungen mal ansehen lassen sollte! Ich habe heute Morgen einen Klempner da gehabt, der mich beim Wasserwirtschaftsamt anzeigen will! Die Wasserleitungen sind angeblich stark korrodiert, überall verrostet und stellenweise undicht, dazu ist das Wasser keimbefallen und mit Blei versetzt! Ich soll sämtliche Wasserleitungen erneuern lassen, was ein schlechter Witz ist, das Haus ist noch keine 50 Jahre alt!"

„Im Gegensatz zu Ihnen, nicht wahr?"

„Hören Sie auf mit Ihren dämlichen Scherzen, Sie Witzfigur! Das ist alles Ihre Schuld!"

„In erster Linie, Herr Ebert, sind Sie an allem Schuld! Wenn Sie Ihr Mietshaus verfallen lassen, kann dafür niemand etwas, außer eben Sie selbst!"

„Aber nur wegen Ihnen habe ich jetzt das Wasserwirtschaftsamt am Hals! Diese Grenzwerte und Richtlinien sind doch ein schlechter Witz!"

„Nein, Sie sind ein schlechter Witz. Und jetzt hauen Sie ab, sonst haben Sie gleich noch eine Anzeige am Hals wegen Beamtenbeleidigung. Raus!"

Herr Ebert wusste nicht so recht, was der darauf erwidern sollte, aber die Furcht vor einer weiteren Anzeige trieb ihn ohne ein weiteres Wort aus dem Büro, dafür ließ er die Tür zuknallen.

Die Stimmung von Max hatte sich aufgehellt, es erfüllte ihn immer mit Freude, wenn so ein Arschloch seine gerechte Strafe bekam. Leider brachte ihn das in seinem Fall nicht weiter. Jetzt musste er sich wohl doch noch einmal mit den zwei Kiffer-Kumpels von Lennard Meyer treffen, er wollte wenigstens in Erfahrung bringen, was es mit dieser Silvia, dem Geld und dem Schwein auf sich hatte.

Kapitel 6

Er war angekommen bei seiner Nemesis, seinem bislang größten und gefährlichsten Gegner. Noch wusste er nicht, wie er diesen besiegen sollte, er wusste nur, er musste triumphieren, sonst wäre sein Leben verwirkt...

Max öffnete das Firmentor von „Paramo's Wasserparadies", dass ihm Einlass gewährte auf einen ziemlich unansehnlichen Hof, auf dem Wasserkisten hier und da standen, eine offene Lagerhalle zu seiner Rechten und sechs etwa 15 Meter hohen silberfarbenen Wassertanks zu seiner Linken. *‚Hier wird also diese Dreckbrühe angerührt...'*

Max sah sich suchend um. *‚Wo zum Teufel sind nun die Büros?'* Er ging einige Meter weiter bis er auf der Höhe der Wassertanks war, da erblickte er endlich ein schmuckloses Gebäude hinter den silbernen Ungetümen. *‚Sieht so aus als hat diese Firma eine lange Tradition, mindestens 150 Jahre nach dem Haupthaus zu urteilen...'*

Max atmete nochmals tief durch bevor er die Tür durchschritt. Der innere Anblick war eine Fortführung der Außenansicht, die Zeit war nicht spurlos an der Einrichtung und den Tapeten vorbeigegangen. Er ging den finsteren, vergilbten Flur entlang, bis er vor einer Tür

mit der Aufschrift "Büro" ankam.
Max überlegte, ob er anklopfen sollte, trat aber einfach ein. Paramo saß hinter seinem Schreibtisch und blätterte in einem Heft, das nur unter der Ladentheke verkauft werden durfte. Als er Max erblickte, zuckte er zusammen.

„Verdammt!" Er schob das Heft schnell unter einen Stapel Papiere, die wirr auf dem Schreibtisch verteilt waren. „Ich kann mich nicht erinnern ‚Herein' gesagt zu haben." Er sah Max missbilligend an.

„Machen Sie sich keine Gedanken, ich lege keinen großen Wert auf solche Floskeln." Max setzte sich ohne Aufforderung gegenüber von Paramo an den Schreibtisch. „Also, ich möchte den Schlüssel zu Meyers Spind und eine Wegbeschreibung wie ich dahin komme. Außerdem wollte ich wissen, ob seine beiden Kumpels heute arbeiten, zu Hause waren sie nicht anzutreffen."

Der Befehlston von Max schien Paramo sauer aufzustoßen, er hielt seine Antworten einsilbig und schien erleichtert, als Max endlich aus seinem Büro verschwand.

Max ging weiter durch dieses Gebäude, was wie eine schlechte Parodie auf eine Firmenzentrale wirkte, bis er in einer Halle ankam, die zur Abfüllung diente. Rechts neben der Tür befanden sich ein halbes Dutzend giftgrüne verbeulte Spinde, die von eins bis sechs durchnummeriert waren. Von Paramo wusste Max, dass der von Meyer Nummer sechs war. Der Schlüssel kratzte im Schloss, ehe sich die Spindtür quietschend öffnete. Max warf einen Blick auf eine grüne Latzhose mit dem Firmennamen, einem Paar abgewetzter Arbeitsstiefel in schwarz und ein weißes T-Shirt.

‚Nicht gerade viele neue Hinweise' dachte sich Max. Er untersuchte die Taschen der Latzhose, wobei ein gefalteter Zettel zum Vorschein kam.

„Mo Mi Fr ca 11", las Max stirnrunzelnd, nachdem er den Zettel entfaltet hatte.

Max wurde langsam sauer. *‚Noch mehr Hinweise die keinen Sinn ergeben und ins Nichts führen, verdammt nochmal!'*

Ehe er den Spind wieder schloss, begutachtete er noch die Stiefel und Jackpot! Er zog ein Zip Tütchen heraus, das etwa zur Hälfte mit einer dunkelgrünen, krümmeligen Substanz gefüllt war.

"Bestimmt eine sehr ausgefallene Teesorte", murmelte Max zu sich selbst mit einem Lächeln. Das mussten gut und gerne 30 Gramm sein, wenn nicht mehr.

Max steckte den Zettel und das Tütchen weg und besah den zweiten Stiefel, und wieder ein Volltreffer! Max beförderte eine Geldscheinrolle zutage, die von einem Gummiband zusam-

mengehalten wurde. Fünfziger und Hunderter, schätzungsweise mehrere Tausend Euro.
‚Wenigstens ein Teilerfolg.'
Mehr war hier wohl nicht zu finden, jetzt musste er noch das Gespräch mit den beiden Intelligenzbestien führen, vielleicht ergab das ja noch etwas.

Er sah sich suchend um und erblickte die Beiden nach wenigen Sekunden an einem offenen Rolltor beim Rauchen.

„Guten Tag die Herren!" donnerte Max den Beiden von hinten entgegen. Beide zuckten erschrocken zusammen und fuhren herum. Als sie ihn erkannten, warfen sie blitzschnell ihre Glimmstängel weg und setzten Unschuldsmienen auf. Max hatte den süßlichen Duft natürlich wahrgenommen.

„Herr Kommissar" begann Micky verhalten, „Was führt... Sie denn hierher?"

„Drogenrazzia", entgegnete Max trocken und mit gespielt ernstem Blick, woraufhin er von Beiden schockiert angestarrt wurde.

„Herr Kommissar, wir können das erklären! Es ist ja so, seit einigen Jahren ist es in Deutschland ja erlaubt, also aus medizinischen Gründen, solche Substanzen zu... konsumieren... deswegen..." Max hob die Hand und stoppte Micky's Redeschwall.

„Keine Ausflüchte, die Sache ist eindeutig."
Max ließ die Worte einen Moment wirken, um

dann hinzuzufügen: „Allerdings könnte ich über einige Dinge hinwegsehen, wenn Ihr mir weiterhelft..."

Micky und Ricky sahen sich kurz an, ehe Ricky wieder anfing. „Also, da hat sich Lenny immer drum gekümmert, also wenn Sie Namen wollen, da können..." Max hob erneut die Hand.

„Ich will von euch wissen, was Ihr drei vor etwa einer Woche besprochen habt."

„Äh... was meinen Sie genau?" Micky war irritiert.

„Silvia, Haufen Geld, ein Schwein, klingelt's?" Die Mienen der Beiden hellten sich auf.

„Ach so, ja, natürlich! Was wollen Sie genau wissen?"

„Worum ging es bei diesem Gespräch genau?"

„Ja, also, wir haben drüber geredet, dass wir Kohle brauchen, weil wir eine neue Lieferung... äh, also die konnten wir uns nicht leisten, weil ja alles teurer wird, und gute Qualität kostet halt auch. Und Lenny meinte immer, man darf nur hohe Qualität kaufen, weil von minderwertigem Stoff leidet ja das Gehirn."

Ob da noch viel übrig ist was leiden könnte?

„Weiter."

Diesmal stieg Ricky ein. „Ja, also wir haben eben zu Lenny gesagt, dass wir Kohle auftreiben müssen, da hat er gemeint, dass er gerade dabei ist Geld zu beschaffen, weil diese Silvia, durch die hat er gemeint kommt er an einen Haufen Geld."

„Und was hat es mit dem Schwein auf sich?"

„Lenny hat gemeint, ‚dank der Silvia krieg' ich von dem Eber 'nen Haufen Geld'. Ich hab dann gefragt ‚Wie, von einem Schwein?' und er meinte ‚Ja, ein Schwein ist der auch!'."

Max dachte nach, und es kam ihm eine Idee. „Hat er sicher Eber gesagt, oder vielleicht Ebert?"

„Ja, stimmt, genau!", sagten beide wie aus einem Mund. Jetzt kam doch ein wenig Licht ins Dunkel.

„Und hat er auch erwähnt, um wie viel Geld es geht?"

„Er hat nur gemeint, ein paar Tausender kommen dabei schon rum." Micky sah Max freudig an, offenbar deutete er Max zufriedene Miene als Erfolg, und das zurecht. Max war in wesentlich besserer Stimmung als noch vor wenigen Minuten, er war sich sicher, der Lösung des Falles ein ganzes Stück näher gekommen zu sein. Vielleicht würde er es sogar noch schaffen bevor er seine Sachen packen und sich einen neuen Job suchen müsste.

Kapitel 7

Es war dunkel in der Wohnung, aber das musste so sein, um keine Aufmerksamkeit zu erregen. Es wurde zunehmend langweilig, kein TV, kein Radio, nicht mal in einem Buch oder einer Zeitschrift blättern. Das Einzige, was einem die Zeit vertreiben konnte, war sein Smartphone, dessen Akku aber langsam schwächelte, es hatte sich schon in den Energiesparmodus geschaltet und leuchtete nicht mehr sehr kräftig. Er steckte es nach einem kurzen Blick auf die Uhrzeit weg, es war kurz vor 23 Uhr. Er ging so leise wie möglich zur Wohnungstür und spähte durch den Spion, noch nichts zu sehen.

‚Hoffentlich ist der Kerl pünktlich‘, ging es ihm durch den Kopf, aber seine Hoffnung darauf war sehr gering.

Sein Blick schweifte durch den düsteren Flur, die einzige Lichtquelle war der Mondschein, der sich seinen Weg durch das Badezimmerfenster und die Tür hierher bahnte.

Die Minuten vergingen sehr langsam, doch irgendwann, nach einer gefühlten Ewigkeit, hörte er Schritte im Treppenhaus, zwar bemüht leise, doch in einer stillen Wohnung, direkt an der Tür, hörte man es klar und deutlich. Ein Blick durch den Spion bestätigte seine Vermutung, zwei Paar Füße verursachten die Geräusche. Ein Schlüssel wurde hastig in das Schloss der Tür gegenüber gesteckt und herumgedreht. Kein Licht, offenbar wollte man nicht gesehen werden. Die Tür wurde geschlossen und der Schlüssel auf der anderen Seite umgedreht.

‚So, warten wir noch einen Moment...' Etwa zwei Minuten später öffnete er die Tür und ging leise an die andere Wohnungstür, nach einem kurzen Lauschen, welches eindeutige Geräusche belegte, klopfte er dreimal fest an die Tür.

„Öffnen Sie bitte! Polizei!" In der Wohnung war Tumult zu vernehmen, offenbar hatte man nicht mit einer Störung gerechnet. Als einige Sekunden nichts geschah, hämmerte Max erneut gegen die Tür. „Machen Sie auf, oder ich trete die Tür ein!" Obwohl Max bezweifelte, dass er wirklich dazu in der Lage wäre, selbst bei einer so alten und klapprigen Tür wie dieser, zeigte es offenbar Wirkung. Die Tür wurde aufgeschlossen und zaghaft geöffnet. Das Gesicht von einem verstörten Herrn Ebert zeigte sich im Türspalt.

„Herr Kommissar... Was, ich meine, was wollen Sie hier? Um diese Zeit?", kam es unsicher vom Vermieter.

„Das Gleiche könnte ich Sie fragen, Herr

Ebert. Soweit ich weiß steht diese Wohnung hier leer."

„Äh, ja, natürlich! Aber gerade deswegen muss man ja ab und an mal nachsehen, ob noch alles in Ordnung ist. Die Heizungsventile bewegen, das Wasser mal laufen lassen..."

„Sie sind zu Zweit in diese Wohnung gegangen."

„Ja... äh, natürlich... Ich habe... eine Innenarchitektin hier, weil, da jetzt diese und die andere Wohnung leer stehen, hab ich mir gedacht, beide Wohnungen zusammenzulegen und eine große, schöne Familienwohnung daraus zu machen!" Ein unsicheres Lächeln sollte wohl Glaubwürdigkeit vermitteln, was es nicht tat.

„Öffnen Sie mal die Tür ganz, Herr Ebert."
Zaghaft kam Herr Ebert der Aufforderung nach. Ebert war nur mit Boxershorts und einem Feinrippunterhemd bekleidet, der Rest seines Körpers schien ähnlich behaart wie seine Hände. Max sah an Ebert vorbei, hinter ihm in der Tür die anscheinend zum Schlafzimmer führte eine zierliche Blondine mit anscheinend falschen Wimpern.

„Schönen guten Abend! Silvia, nicht wahr?" Max setzte ein charmantes Lächeln auf. „150 die Stunde?"

„120, Stammkundenrabatt", kam nach einem kurzen Zögern geschäftlich professionell. „Polizisten bekommen auch meine Stammkundenpreise." Das sagte sie mit einem verführerischen Lächeln.

„Gut zu wissen." Max sah Herrn Ebert belustigt an. „Tja, nun haben wir wohl die Fakten auf dem Tisch. Sie treffen sich hier jeden Montag, Mittwoch und Freitag um 11 Uhr Nachts mit einer Prostituierten, Herr Meyer hat das mitbekommen und Sie erpresst, vermutlich hatte er auch Bilder gemacht, nicht wahr?" Das Schweigen von Ebert wertete Max als Zustimmung. „Und er hat Ihnen gedroht, es Ihrer Frau zu sagen, wenn Sie ihm nicht einige Tausender rüberschieben, korrekt soweit?"

„Fünftausend für fünf Bilder", sagte Ebert resignierend.

Hm, das passt, wenn man von den 5000 den Preis für das Dope abzieht.' „Tja, also haben Sie bezahlt, aber das war ihm nicht genug, er hatte noch Kopien von den Bildern und wollte Sie weiter ausnehmen, also haben Sie ihn in seiner Badewanne ertränkt."

Ebert fielen fast die Augen aus dem Kopf. „Wie? Ich soll... Nein! Er hat mich erpresst, ich habe gezahlt, und die Geschichte war beendet, er hat mir die Speicherkarte gegeben mit den Bildern und danach war nichts mehr!"

Ehe Max antworten konnte wurde ein Stockwerk tiefer eine Tür geöffnet. „Verdammt nochmal! Kann man hier als anständiger

Mensch nicht mal seine Ruhe haben?! Verdammtes Gesindel!" Das Gezeter kam eindeutig von Frau Busch. „Ich hetz' euch meinen Hund auf den Hals, wenn da nicht bald Ruhe ist!"

„Frau Busch, das ist eine Polizeiaktion! Schieben Sie Ihren Hintern zurück in Ihre Wohnung!"

„Muss man sich von den Bullen denn alles gefallen lassen? Leben wir denn in einem Polizeistaat?"

‚Schön wärs in solchen Momenten, dann würde ich dich jetzt auch verhaften, alte Schachtel!'

„Klappe und Tür zu, Frau Busch!" Unter weiterem Gemecker wurde die Tür ins Schloss geworfen.

Max wandte sich wieder an Herrn Ebert. „Ob Sie's glauben oder nicht, solche Ausflüchte höre ich öfter."

„Und warum hätte ich ihn in den Taucheranzug stecken sollen?"

„Sagen Sie's mir."

„Verdammt, ich sag' Ihnen doch, ich hab keine Ahnung, ich war das nicht!" Ebert klang fast flehend.

„Wir sind gerade dabei seinen PC auszuwerten, wenn wir da Spuren von Ihnen finden, sind Sie dran. In diesem Sinne, Herr Ebert, Sie sind verhaftet."

„Aber..."

„Sie haben das Recht die Aussage zu verweigern", fuhr Max unbeirrt fort.

„Hören Sie mir eigentlich noch zu?"

„Alles was Sie sagen kann vor Gericht gegen Sie verwendet werden."

Der Vermieter schien mit sich zu ringen.

„Und was wäre, wenn ich jetzt einfach gehe?" Es klang nicht wie eine Frage.

„Ich würde Sie nicht einfach gehen lassen", kam es trocken von Max.

„Und wenn ich Sie einfach die Treppe runterstoße, Ihnen nochmal ins Genick trete, würden Sie mich dann immer noch aufhalten können?" Nun war es ein gefährliches Flüstern.

„Nun", begann Max nachdenklich, „Dann könnte ich Sie wohl nicht mehr aufhalten zu gehen, aber die."

„Wen meinen Sie mit 'die'?" wollte Ebert irritiert wissen.

„JUNGS!" Max rief in die Wohnung von Meyer über die Schulter, einen Moment später traten ein halbes Dutzend Kollegen von Max in Uniform nach und nach aus der Tür. Mit jeder Person, die auf den immer enger werdenden Flur zwischen den Wohnungen trat, schien Herr Ebert um einige Zentimeter in sich zusammenzusinken, während das Grinsen von Max immer breiter wurde. „Die."

Kapitel 8

„Verdammt nochmal Schneider!" Ehe Max seinen Chef sah, hörte er ihn vor seiner Bürotür brüllen, einen Augenblick später stand Dr. Mutzvink schon wutentbrannt vor seinem Schreibtisch.

„Was fällt Ihnen eigentlich ein?!" blaffte er Max an.

„Mir fällt bei Gelegenheit 'ne Menge zu vielen Dingen ein, worauf genau spielen Sie an?" Max hatte eine Unschuldsmiene aufgesetzt, was seinen Chef nur noch mehr auf die Palme brachte.

„Tun Sie doch nicht so! Sie haben gestern sechs Beamte abstellen lassen für eine verdeckte Ermittlung, um einen Mann festnehmen zu lassen!"

„Ja. Und?", gab Max gleichgültig zurück.

„Sechs Mann! Für EINE Verhaftung! Und das alles in der Nacht! Wissen Sie was das den Steuerzahler kostet?"

„Ich schätze nicht so viel wie das Krankengeld das die Kollegen kassieren die wegen Magenverstimmungen krankgeschrieben sind, was bestimmt mit dem Wasser von Paramo zu tun hat."

„Fangen Sie schon wieder mit dem Wasser

an? Dieses Wasser ist vollkommen in Ordnung!" In diesem Moment war ein lautes „Bäh!" vom Flur zu hören.

„Kein Kommentar", meinte Max mit triumphierenden Grinsen.

„Verdammt, lenken Sie nicht ab! Es geht hier um eine vollkommen überzogene Aktion!"

„Der Verdächtige hat mir körperliche Gewalt angedroht, das können Sie alles im Bericht nachlesen..." *„...wenn ich den irgendwann fertig habe..."*

Dr. Mutzvink's Züge wurden weicher. „Sie können sich gar nicht vorstellen, wie sehr ich mich freue, dass Sie nach Morgen von hier verschwinden. Haben Sie schon gepackt?"

„So gut wie."

„Gut." Mutzvink legte einen Briefumschlag mit der Aufschrift „Kündigung" langsam und mit einem gehässigen Lächeln auf seinen Schreibtisch, dann verließ er das Büro und knallte die Tür zu. Nun war es also amtlich. Max hatte schon fast vergessen, dass ihm ja gekündigt wurde. Na ja, er würde schon wieder was finden, normalerweise wurden Beamte nicht ohne Weiteres auf der Straße gelassen. Vielleicht war im Innenministerium ein Plätzchen frei, oder etwas im Rathaus...

Er griff erstmal zu der 1,5 Liter Flasche Wasser, die er sich von Zuhause mitgebracht hatte und nahm einen großen Schluck. Er würde ums Verrecken nicht noch einmal an diesen Wasserspender gehen, solange der Wasserlieferant Paramo hieß.

Nachdem er seine Kehle befeuchtet hatte, schlug er die Fallakte mit dem Aktenzeichen 1967/D-28 auf und überflog die bisherigen Erkenntnisse, mittlerweile war auch das Laborergebnis dabei. „Keimbelastetes Wasser mit Edelstahlabrieb und Fruchtzucker in der Lunge", „Todeszeit zwischen 22.00 und 0.00 Uhr am Sonntag", „Erpressung von Herrn Ebert mit Bildern", „hoher THC-Gehalt im Blut des Toten", „der Tote im Taucheranzug, mit Flossen, Schnorchel und Taucherbrille". Irgendetwas passte nicht, und das nicht nur wegen des Taucheranzugs. Er hatte so ein Gefühl, dass er etwas übersehen hatte.

Max nahm die Liste zur Hand auf der die sichergestellten Dinge standen, die Herr Ebert gestern bei seiner Festnahme bei sich hatte, oder besser gesagt in seinen Sachen hatte, die er zu dem Zeitpunkt nicht trug. „Hausschlüssel, Autoschlüssel, Brieftasche mit 120 Euro in Scheinen und ein wenig Kleingeld, Ausweis, Führerschein, Krankenkarte von der LGK-Krankenversicherung, fünf Kondome der Marke Macho". Max musste Grinsen, ehe er zum letzten Punkt auf der Liste kam, „Wassergutachten". In Max' Kopf ratterte etwas, aber es führte zu keinem Ergebnis. Er zermarterte sich das Hirn, aber es half nichts, er musste den Marsch auf sich nehmen, also stand er auf und machte sich auf den Weg in den Keller.

An der Asservatenkammer angekommen hämmerte er dagegen. „Aufmachen du Kellerassel!"

Einige Sekunden passierte gar nichts, ehe ein schwerer Riegel quietschend beiseite geschoben wurde.

„Schneider!", tönte sein alter Kumpel Thomas von der Polizeischule.

„Hallo Junge, ich muss mal einen Blick auf die Sachen von dem Ebert werfen."

„Lässt sich machen", sagte sein Kumpel über die Schulter, während er sich an seinen PC setzte. „Fallnummer?"

„1967/D-28."

„Ah ja, gut, ich hol' dir die Sachen."

Max wartete und dachte immer noch nach, bis Thomas mit einer Pappschachtel zurückkam. „Was genau wolltest du dir nochmal ansehen?"

„Das Wassergutachten."

„Ah, hab schon gehört, dass du zur Zeit 'ne Menge Probleme mit Wasser hast!" Er zwinkerte Max zu. „Wasser im Wasserspender, Wasser im Mordhaus, Wasser im Toten."

„Ja, und nun hab ich 'ne Kündigung am Hals wegen Wasser."

Thomas wirkte erschrocken, scheinbar hatte

es sich noch nicht herumgesprochen bis in den Keller. „Der Mutzvink hat dich gekündigt, weil du dich übers Wasser beschwert hast?"

„Na ja, wie man's nimmt... Ich hab ihm einen Becher mit dem Mist auf die Füße geworfen."

Er lachte laut auf. „Richtig so! Davon träumen hier alle, mal sowas zu machen."

„Tja, ich hab den Traum verwirklicht, aber nicht mit einem so guten Ergebnis..."

Thomas machte ein sorgenvolles Gesicht.

„Denkst du, er schmeißt dich wirklich raus?"

„Er hat mir vorhin die Kündigung hingelegt."

„Scheiße Alter, wie soll das hier ohne dich laufen?"

„Das wird schon, Arni und der Doc sind ja noch da, und Gerd kommt demnächst auch wieder aus dem Urlaub."

„Ohne dich wirds aber nicht dasselbe sein Max."

„Das wird sich zeigen."

Max schaute sich das Gutachten an, und plötzlich sprang es ihm ins Auge, und sein Gehirn packte endlich die Information aus, nach der er vorhin so verzweifelt gesucht hatte.

„Ich muss weg!", rief Max seinem Kollegen zu, während er aus der Tür stürzte.

„Wie? Was ist denn los?" Thomas blieb verdattert zurück.

„Ich muss Wasser besorgen!"

„Ich hätte auch noch ein Fläschchen hier, falls

du..." Doch da war Max schon verschwunden.
Er jagte durch die Gänge im Untergeschoss des Polizeipräsidiums, bis er nach weniger als einer Minute da ankam, wo er hinwollte.

Max stürzte durch die Tür zur Gerichtsmedizin, ein erstaunter Gerichtsmediziner sah ihn überrascht an. „Max, schönen guten Morgen, was kann ich..."

„Proberöhrchen", keuchte Max.

„Äh, wie bitte?"

„Proberöhrchen für Beweismittel, für Indizien, flüssige Sachen, ich brauch' welche!"

„Äh, ja, ok." Irritiert griff der Doc in ein Regal und übergab Max die gewünschten Röhrchen.

„Danke!"" Und schon war Max wieder verschwunden.

Er rannte die Treppen hoch und an dem Wasserspender vorbei zu seinem Büro und steckte einen Schlüsselbund ein, ehe er wieder nach draußen rannte.

Er hatte einige Stationen vor sich, also stieg er gleich in seinen Wagen, einem alten grüben Kombi, und fuhr los. Während er vom Hof des Polizeireviers fuhr, rief er Arni an.

„Max, was gibt's denn?"

„Ruf bitte bei Paramo an und sag ihm, dass ich in etwa einer Stunde bei ihm in der Firma bin!"

„OK, aber warum? Wir haben doch den Vermieter verhaftet?"

„Frag nicht, tu's einfach!" Max legte auf und konzentrierte sich darauf, durch die Innenstadt zu rasen.

Als er bei seinem Ziel angekommen war, schloss er die Tür auf und hastete die Treppen hoch, die nächste Tür wurde aufgesperrt und er erledigte schnell seine Aufgabe, dann stürmte er wieder nach unten und fuhr weiter, auf zur nächsten Station!

Nach einer weiteren wilden Fahrt drückte er sich an einer Wand entlang und huschte ungesehen in die Halle, wo er erstmal ein paar Informationen einholen musste. Die Personen die er suchte reagierten erstaunt auf sein Erscheinen. Ihm wurde bereitwillig, wenn auch etwas verwirrt, seine gewünschte Auskunft gegeben. Wieder raus aus der Halle! Einige Schritte weiter die nächste Aufgabe erledigen, und wieder zurück ins Auto und ab zum Polizeirevier.

Max fuhr mit qualmenden Reifen auf den Parkplatz und kümmerte sich nicht um die Markierungen, während er schon wieder aus dem Auto raus war und ins Gebäude stolperte, Richtung Keller.

Wie schon 30 Minuten zuvor starrte ihn der Doc erstaunt an. „Max, was ist denn los mit dir?"

Er hielt ihm drei der Röhrchen hin die von eins bis drei durchnummeriert waren. „Analysier' mir das!"

„Wie bitte?"

„Ich muss wissen, was da drin ist!"

„Ok ok, aber das wird etwas dauern..."

„Du hast eine Stunde."

„Was? Aber das dauert länger, wenn du alles haarklein..."

„ANALYSIERE MIR DAS!" Wobei er jedes Wort einzeln betonte.

„Gut Max." Der Doc gab auf. „Aber es wird oberflächlich sein."

„Das reicht mir schon." Max machte wieder kehrt und rannte zur Tür. „Ruf mich auf dem Handy an!" Damit war er wieder verschwunden.

Jetzt musste er noch schnell ein paar Beweismittel sichern. Er ging zum Lagerraum und öffnete die Tür mit einem Dietrich. Als er alles hatte was er brauchte verschwand er wieder in seinem Auto und fuhr zu Paramo's Wasserparadies.

Kapitel 9

Max kam nach einer gemächlicheren Fahrt als zuvor bei Paramo's Firma an. Und das war auch gut so, er musste einen kühlen Kopf bewahren, zumindest Anfangs. Er parkte seinen Wagen vorschriftsmäßig und achtete auch auf die Markierungen ehe er ausstieg und entspannt durch den Eingang schlenderte. Sein Weg führte ihn über den Hof, vorbei an der Lagerhalle und den riesigen Wassertanks, bis er an dem Hauptgebäude ankam. Türe öffnen und den Gang bis zu Paramo's Büro in aller Ruhe entlang gehen, dann klopfte er ruhig, fast verhalten, an.

„Was gibts denn schon wieder?" Ein sichtlich genervter Frank Paramo öffnete die Tür.

„Guten Tag Herr Paramo!" Max strahlte ihn an. „Es haben sich nur noch ein paar Fragen ergeben, wenn ich Sie kurz stören dürfte?" Seine Stimme war süß wie Honig.

„Na gut, meinetwegen." Paramo ging zu seinem Schreibtisch und setzte sich, Max tat es ihm gleich und hatte weiterhin sein Lächeln im Gesicht, es war die reine Vorfreude.

„Also, was für Fragen, Max?"

„Nun, zuallererst wollte ich fragen, könnten Sie mir vielleicht eine Flache Ihres tollen Wassers mit Obstaroma spendieren?"

Paramo starrte in entgeistert an. „Deswegen bist du hier? Du willst eine Flasche Wasser von mir?"

„Nicht nur deswegen", beschwichtigte ihn Max, und das stimmte auch, „Aber mit einer Flasche Ihres Wassers würde ich mich viel wohler fühlen."

Paramo's Züge hellten sich ein wenig auf. „Aha, dann bist du also doch noch auf den Geschmack gekommen!"

„Könnte man so sagen."

„Wusste ich's doch, dass du nicht ewig so verbohrt und rückständig bleiben würdest, mein Lieber!" Paramo lachte auf, das Geräusch erinnerte Max an eine wütende Katze.

„Ich hole dir ein Fläschchen, und dann kommst du hoffentlich zur Sache", sagte er im Hinausgehen.

Max holte sein Smartphone aus der Hosentasche und sah nach der Uhrzeit. „Oh ja, dann kommen wir zur Sache mein Lieber..." ‚...wenn der Anruf dann bald kommt...'

Als Paramo durch das Haus ging Richtung Lager überlegte er, warum er den Laufburschen für diesen Halbaffen spielte. Dieser Max Schneider war doch ein niederes Wesen, aber eben auch Kriminalkommissar. ‚Wie schafft es so Einer bitte in den Beamtenstatus?' Naja, es gab immer mal wieder unerklärliche Phänomene, das hier war wohl so ein Fall... Beamte konnten doch sowieso nichts anderes, als anständigen Leuten wie ihm das Leben schwer zu machen, außer natürlich, sie hatten noch einen Funken Ehre gegenüber den Leuten, die mit ihren Steuergeldern das Land am Laufen hielten, so wie er. Und darüber hinaus belieferte er ja auch noch das Polizeirevier mit Wasser, und das zu einem Preis, der einfach unschlagbar war, da musste man schon mal das ein oder andere Auge zudrücken, im Interesse eines guten Verständnisses. Paramo kam im Lager an und suchte die Kästen ab, welches Fruchtwasser wollte dieser Schneider noch gleich? *‚Ach, egal! Einem geschenkten Gaul schaut man nichts ins Maul...'*, dachte er sich und griff in den erstbesten Kasten und erwischte dabei genau das "Quellwasser mit Mango-Aroma" über das sich Max neulich beschwert hatte. Frank grinste, das war genau das Richtige! Sollte dieser Schneider erst einmal lernen, wie man mit Geschäftsleuten umging, dann konnte er auch Wünsche äußern in Bezug auf die Wassersorten. Er machte sich wieder auf den Weg zu seinem Büro, während er seine Gedanken schweifen ließ. Sollte der Deal mit dem Polizeirevier dauerhaft werden, und danach sah es im Moment aus, dank seiner guten Kontakte, konnte er sich in einigen Monaten den neuen Mercedes leisten. Sein jetziger Wagen war zwar auch ein Mercedes, aber bereits drei Jahre alt, und nicht so komfortabel wie er sein sollte. Deshalb hatte er bereits vor einiger Zeit bei seiner Bank um eine Autofinanzierung angefragt, doch diese Sesselfurzer hatten in abgewimmelt, mit der Begründung, dass die Geschäftszahlen seiner Firma sich zu schlecht entwickelt hätten. Tja, jetzt konnten ihn die Banken mal kreuzweise! Bei der recht hohen Mindestabnahmemenge, die er ausgehandelt hatte, würde er keinen weiteren Kredit von der Bank brauchen, für lange Zeit.

Seine Laune hatte sich extrem verbessert, als er wieder an seinem Büro ankam. Max saß immer noch auf seinem Stuhl und starrte aus dem Fenster.

„Bitte sehr, wohl bekomm's!" Paramo holte ein Glas aus dem Schrank und stellte es neben die Flasche, doch Max machte keine Anstalten die Flasche zu öffnen und sich einzuschenken, stattdessen sah er Frank einfach nur an.

‚Geht's noch? Will der Kerl, dass ich ihm den Arsch nachtrage oder was?!'

„Wolltest du nicht etwas trinken Max?"

„Nein nein, jetzt nicht", sagte Max und winkte ab.

Hatte dieser Kerl ihn am Ende nur ärgern wollen, indem er ihn zum Wasserholen geschickt hatte?

„Fangen wir lieber mit der Befragung an."
Die gute Laune, die Frank eben noch hatte, war wieder verflogen. „Also gut, dann fang endlich an."

„Fein. Die Wassertanks draußen, was kannst du mir über Die erzählen?"

„Was?"

„Die Wassertanks", wiederholte Max in geschäftsmäßigem Tonfall.

„Ich hab dich schon verstanden, aber warum interessiert dich das?", fragte Paramo verständnislos.

„Lass das nur meine Sorge sein. Also?"

Paramo atmete hörbar aus, es war mittlerweile genervt. „Wenns denn sein muss. Das sind zwölfeinhalb Meter hohe Edelstahlwassertanks, in denen das Wasser eingefüllt wird, dann wird das Wasser gegebenenfalls mit Kohlensäure, Fruchtaroma oder Limonade versetzt, dann wird es durch einen Filter in die Abfüllanlage gepumpt, wo es dann voll automatisch in Flaschen oder andere Behälter gefüllt, etikettiert und verschlossen wird, ehe es in die Lagerhalle kommt. Zufrieden?"

„Sehr. Und es sind zurzeit alle diese Tanks in Betrieb?" Diese Frage schien Frank zu irritieren.

„Ja, warum sollten sie das nicht sein?"

„Egal, kommen wir später darauf zurück."
Max blätterte eine Seite weiter in seinem No-

tizblock. „Die Aufgabe von Lenny, Micky und Ricky ist, in Lenny's Fall war, die abgefüllten Wasserbehälter in die Lagerhalle zu bringen, richtig?"

„Ja, aber ich verstehe nicht..."

„Das macht nichts. Und inwieweit waren oder sind diese drei Mitarbeiter über das Wasser im Bilde?"

„Sag mal, willst du mich verarschen, oder was?" Paramo war wütend von seinem Stuhl aufgesprungen. „Die Drei sind oder waren dafür da, Kisten, Flaschen und andere Behälter von A nach B zu bringen, vorzugsweise, ohne dass etwas zu Bruch geht. Darüber waren und sind sie im Bilde. Darüber hinaus werden sie auch wissen, dass Wasser zum Trinken und Waschen da ist. Sonst noch was?" Ihm riss langsam der Geduldsfaden.

Max fuhr unbeirrt fort. „Gesetzt den Fall, es würde etwas passieren, dass kein gutes Licht auf die Firma werfen würde, hätten die Drei die Möglichkeit gehabt, das mitzubekommen?"

„Jetzt reicht es mir aber! Was willst du mir hier eigentlich unterstellen?"

Tja, Max wollte eigentlich nur ein bisschen auf den Busch klopfen und sehen, ob ein Kaninchen rausrannte, während er auf den Anruf wartete.

„Immer mit der Ruhe Frank, es geht mir nur

um einige Was-wäre-wenn Fragen, ich muss das nur für mich ordnen, weil mein Chef endlich den Bericht haben will. Das ist keine böse Absicht von mir, dich zu nerven, es geht nur darum, dass mein Chef mir sonst die Hölle heiß macht, wenn ich diese Fragen nicht gestellt habe." Max klang kleinlaut.

Es besänftigte Paramo zu sehen, wie Max so da saß und mit seinem Chef haderte, da er sich ihm dadurch überlegen fühlte, er war schließlich sein eigener Chef. Schließlich beruhigte er sich wieder und setzte sich. „Das tut mir wirklich leid für dich, Max. Natürlich will ich nicht dafür verantwortlich sein, dass du Ärger mit deinem Chef bekommst." Ein leichtes Lächeln umspielte seine Mundwinkel, aber innerlich lachte sich Paramo halb tot.

Hat ja wunderbar geklappt', dachte sich Max. Ehe er wieder unterwürfig anfangen wollte, klingelte sein Handy. „Entschuldige bitte Frank…"

„Aber kein Problem Max", meinte Paramo gönnerhaft.

„Ja, hier Schneider. Ah, Doc, und, wie sieht's aus?" Eine kurze Pause. „Ah, sehr interessant. Und Nummer 2?" Eine längere Pause. „Und da bist du dir absolut sicher?" Eine sehr kurze Pause. „Vielen Dank! Das bringt mich weiter, bis gleich!" Max beendete das Gespräch, nun strahlte er wieder.

„Na, hat sich dein Fall gerade aufgeklärt?",
wollte Paramo gespielt interessiert wissen.
„Das könnte man so sagen..." Max wirkte äußerst zufrieden. „Ich will dich dann nicht länger mit Fragen belästigen Frank." Max stand auf und ging zwei Schritte neben den Schreibtisch, während er Frank die Hand hinstreckte.
Paramo erhob sich behäbig und tat es ihm gleich. „Schon in Ordnung, ich hoffe du nimmst mir meinen kleinen Ausbruch nicht übel." Er drückte die schlaffe Hand von Max fester als nötig. *Nur damit er merkt, wer hier das Sagen hat.'*

„Aber nein, solange du es mir auch nicht übel nimmst." Max grinste.

„Was soll ich dir nicht übel nehmen?", wollte Paramo wissen. Eine Sekunde später packte Max eisern die Finger, die sich soeben aus dem Handschlag lösen wollten und drehte Frank den Arm auf den Rücken. Im Moment seines überraschten Schmerzensschreies stieß Max ihn in Richtung Wand und bohrte sein Knie in Paramo's Rücken. Sein Gesicht landete krachend an der Raufasertapete, während Max mit seiner freien Hand die Handschellen an seinem Gürtel löste. Der linke Arm von Frank war an der Wand nach unten ausgestreckt, was es Max einfacher machte ihm die Handschellen anzulegen.

„Was soll diese verdammte Scheiße?", wimmerte Paramo, nachdem er sich ein wenig von dem Schock erholt hatte.

„Frank Paramo, ich verhafte Sie wegen Mordes an Ihrem Mitarbeiter Lennard Meyer..." Und nach einer kurzen Pause: "...und wegen des Verkaufs von nachweislich übel schmeckender Drecksbrühe, die sie Trinkwasser nennen!"

Kapitel 10

Nachdem Max seinen alten Sportvereinskameraden Frank Paramo unter großen Augen seiner Angestellten abgeführt und in seinen Wagen eingeladen hatte, waren sie, unter permanentem Gemecker von Paramo, nun im Polizeirevier angekommen.

Max schob den Wasserfabrikanten wie einen vollen Müllsack vor sich her, bis sie in Verhörraum 1 ankamen.

Das Aufnahmegerät lief, und Max stellte seine Standardfragen, obwohl es ihm relativ egal war, was sein Verdächtiger darauf antwortete. Er hatte seinen Mann, da war er sich ziemlich sicher, aber um Paramo sein Maul zu stopfen, musste er das digitale Aufnahmegerät erst einmal ausschalten.

Wenige Minuten später hörte Max Getrampel vor der Tür, gefolgt von einem „SCHNEIDER!", das eindeutig von Dr. Mutzvink kam. Die Tür wurde aufgerissen und sein Chef wollte zu seiner Schimpftirade ansetzen, als er zuerst Paramo's gerötetes Gesicht, und dann den ausgeschalteten Digitalrecorder sah.

„Sind Sie von allen guten Geistern verlassen Schneider?!"

„Da muss ein Missverständnis vorliegen Dr.

Schmutzfink, die leichten Blessuren sind von der Festnahme." Was auch der Wahrheit entsprach. Doch es besänftigte Dr. Mutzvink seltsamerweise nicht.

„Und Sie denken, dass macht die Sache besser?!" Sein Chef war außer sich.

„Sie haben die Situation nicht erlebt Chef, er war äußerst aggressiv und hat mich tätlich angegriffen."

„Wie soll er Sie angegriffen haben?"

„Er hat meine Hand gequetscht bei der Verabschiedung."

„Schneider, Sie wollen mich doch verarschen. So dumm können Sie doch nicht sein, oder? Dafür werden Sie bezahlen!"

„Sie haben mich doch schon rausgeschmissen, wollen Sie mir noch eine Kündigung auf den Tisch legen?"

„Ich werde Sie suspendieren!"

„Bei der krankheisbedingt dünnen Personaldecke soll sich jemand Neues in diesen Fall einarbeiten?" Max sah Dr. Mutzvink mit großen Augen erwartungsvoll an.

Der Chef von Max wusste nicht so recht, was er darauf erwidern sollte, also versuchte er sich in Sachlichkeit auf den Fall bezogen, um abzulenken. „Wie kommen Sie darauf, dass Herr Paramo mit dem Tod von Lennard Meyer zu tun hat?", wollte Dr. Mutzvink mit mühevoller Beherrschung wissen.

„Das Wasser in den Lungen des toten Tauchers war dasselbe, das Herr Paramo an uns liefert, er wurde in einem der Edelstahltanks ertränkt. Der Metallabrieb war Edelstahl, kein Blei, und die Rohre in dem Mietshaus sind ausnahmslos Bleirohre. Eine Wasseranalyse bestätigt das."

„Das sollen Ihre Beweise sein Schneider?" Die mühevolle Zurückhaltung bröckelte schon.

„Es gibt wohl mehr als eine Möglichkeit, wo er ertrunken sein könnte, zum Beispiel in einem anderen Haus in der Badewanne, das Edelstahlrohre hat!"

„Schon möglich, aber kaum ein Haus dürfte Fruchtzucker in das Leitungssystem pumpen, der ebenfalls in der Lunge war, und dieser Fruchtzucker hat die gleiche Zusammensetzung wie der in Paramos Wasser mit Fruchtgeschmack."

Das schien Mutzvink zumindest zum Nachdenken zu bringen. „Also gut, führen Sie das Verhör weiter, aber nur mit eingeschaltetem Recorder. Und Schneider, ich behalte Sie im Auge..."

Bevor er sich zur Tür rausdrücken konnte, rief ihn Max zurück. „Moment noch, Chef..." Max griff nach der Wasserflasche, die er vorhin von Paramo bekommen hatte. „Hier."

Sein Chef starrte ihn verständnislos an. „Was soll ich damit?"

„Das ist ein Beweisstück, Sie können aber gerne mal einen Schluck nehmen und die Glaubwürdigkeit meiner Indizien testen."

Mutzvink verließ ohne weiteres Wort den Raum.

Max machte weiter mit dem Verhör, und Paramo war mittlerweile sehr umgänglich, seine Worte in der Aufnahmepause hatten gewirkt, jedoch bestritt er nach wie vor, etwas mit dem Tod von Lennard Meyer zu tun zu haben. Es zog sich immer weiter hin, und Max wurde langsam ungeduldig.

Auf die Aussage von Max, dass es nur logisch sei, dass Lennard Meyer etwas von den Verunreinigungen im Wasser mitbekommen hatte, entgegnete Frank, dass diese drei Kumpels doch permanent so bekifft seien, dass sie nicht einmal einen Elefanten bemerken würden, der an ihnen vorbeilief, oder ihn für einen tollen Flash halten würden. Auf dieses Argument hatte Max keine passende Antwort, weswegen er erst einmal etwas trinken musste. Max bot Frank an, ihm ein Wasser mitzubringen, aber Paramo lehnte ab. Vielleicht hätte Max erwähnen sollen, dass er sein eigenes Wasser dabei hatte, jedoch hätte er Frank natürlich einen Becher aus dem Wasserspender auf dem Flur mitgebracht.

Nachdem Max sich in seinem Büro erfrischt hatte, wollte er seinen Verdächtigen noch etwas schmoren lassen, weshalb er noch einen Abstecher zur Gerichtsmedizin machte.

„Na Doc, gibt's noch was Neues?"

„Hey Max, leider nein, alles wie im Bericht vermerkt. Was hätten wir denn noch finden sollen?"

„Keine Ahnung, vielleicht irgendwas wo mich weiterbringt?"

„Schaffst du es nicht selbst, dich weiterzubringen?"

„Nur wenn ich in meinem Wagen sitze."

„Ach ja, was ich dich fragen wollte: Woher waren eigentlich die Wasserproben?"

„Probe Nummer 2 aus der Wasserleitung die zu Lennard Meyer's Badewanne führt, Nummer 3 von dem Tank in Paramo's Fabrik in dem die Mango-Siffbrühe gelagert wird und Nummer 1 aus unserem Wasserspender hier im Revier."

Der Gerichtsmediziner machte große Augen. „Ein Glück, dass ich immer nur Tee trinke, aufgebrüht mit gutem Wasser aus der Leitung, und keines in dem tote Taucher rumschwimmen."

„Tja, allein dafür hat Paramo die Verhaftung verdient..."

„Ach ja, ich hab's schon mitbekommen, Mutzvink's Geschrei war bis hier unten zu hören."

„Wirklich?"

„Nein, Arni war vorhin hier."

„Warum das denn?"

„Er wollte nur mal Hallo sagen, weil er mich die letzten Tage nie zu Gesicht bekommen hat, er hat ja schon die ganze Woche Stallwache."

„Der hat wohl zu wenig zutun..." Und um das Thema zu wechseln: „Ist euch noch irgendwas am Taucheranzug aufgefallen?"

„Nein, außer dass er relativ hässlich war. Türkis mit orangenen Streifen, na ja. Aber gut, Geschmäcker sind verschieden, aber in so einer Montur sterben? Nicht wirklich schön."

„Wird das Sterben automatisch schön, wenn man das passende Outfit trägt?", wollte Max grinsend wissen.

„Wer weiß?", schmunzelte der Doc. „Ach ja, die Jungs von der SpuSi haben auch den Kassenbon in der Wohnung gefunden, das Ding wurde erst ein paar Tage vorher gekauft."

„Kann ich mir das Teil mal ansehen?"

„Klar, du musst nur in die Asservatenkammer."

„Wenn's denn sein muss..." Max verließ die Gerichtsmedizin, um seinem alten Kumpel Thomas einen weiteren Besuch abzustatten.

„Max! Was verschafft mir denn die Ehre, dich gleich zweimal in 24 Stunden zu begrüßen?"

„Der Tacheranzug."

„Ach ja, dann bitte nochmal das Aktenzeichen."

Max verdrehte die Augen. „Kannst du dich

nicht mehr dran erinnern?", fragte Max entnervt.

„Es geht nicht darum, ob ich mich dran erinnern kann, sondern du." Thomas grinste ihn schief an.

„Du wirst hier unten noch zum letzten Bürokratenarschloch..." Max dachte kurz nach. „1967/D-28."

„Na also, es geht doch!" Thomas ging in den hinteren Bereich des Raumes und kam wenige Sekunden später mit einem der üblichen Kartons zurück.

Nachdem Max einen kurzen Blick auf den Taucheranzug geworfen hatte, fiel ihm etwas auf. Er nahm das Beweisstück heraus und machte sich am Reißverschluss zu schaffen.

„Ich muss weg...", sagte er kurz angebunden. „Danke Thomas." Ohne eine Erwiderung von seinem Kollegen abzuwarten stürmte Max, wie schon am Vortag, aus dem Raum, wieder in Richtung Gerichtsmedizin.

„Na, schon wieder da?"
„Habt Ihr versucht, den Reißverschluss aufzumachen?"
„Was? Wie kommst du denn darauf?"
„Sags mir einfach!"
„Nein, natürlich nicht. Hast du schon mal versucht, einer Person mit Leichenstarre normale Kleidung auszuziehen? Ein Taucheran-

zug ist nochmal schwieriger, also schnipp schnapp vom Hals bis zu den... unter die Gürtellinie und von der Brust zu den Handgelenken und das Ding ist ausgezogen."

„Also ihr habt nicht mal versucht, den Reißverschluss zu öffnen?", erkundigte er sich nochmals.

„Nein, wozu auch?"

„Danke." Max drehte sich um und rannte wieder raus.

„Du solltest wirklich mal zum Arzt gehen, Max! Soviel Hektik ist nicht gut für deinen..."

Max scherte sich nicht um Gesundheitstipps, er war sich fast sicher, dass er endlich wusste, wie der Tote in den Taucheranzug gekommen war, aber um das beweisen zu können, musste er ein paar Dinge anleiern, und das bedeutete, er hatte einige wichtige Telefongespräche zu führen.

Kapitel 11

Zwei Personen trafen sich, die mehr über den Fall des toten Tauchers wussten.

„Mach' dir keine Sorgen, das läuft schon", sagte der eine in beruhigendem Tonfall.

„Was, wenn Sie es herausfinden?", fragte der andere.

„Das werden Sie nicht."

„Und wenn doch?"

„Wie sollten Sie denn? Darauf wird nie jemand kommen."

„Der Kommissar ist nicht blöd."

„Nein, aber der Hellste ist er auch nicht. Wir ziehen das durch wie geplant, in der Nacht auf Samstag."

„Wenn du meinst..."

Ein Handy klingelte. Nach kurzem Zögern ging einer der Beiden ran. Ein kurzer Wortwechsel, dann wurde aufgelegt. Er wurde blass.

„Was ist denn los? Wer war das?" Die Verunsicherung in der Stimme war mit Händen zu greifen.

„Wir müssen die Sache heute Nacht durchziehen."

Kapitel 12

Die Anrufe waren getätigt, alles Wichtige in die Wege geleitet, damit sich einige Leute ziemlich aufregen konnten, aber er hatte es gerne gemacht. Bis die ganze Sache anrollen würde, hatte er allerdings noch etwas Zeit, also konnte er noch schnell etwas anderes erledigen, was zwar nicht ihm zugutekam, aber ein paar anderen Personen. Er kopierte noch schnell ein paar Dateien von einer Speicherkarte und machte sich auf den Weg.

Max kam im Zellentrakt an, wo vor zwei Tagen noch Micky und Ricky einsaßen, nun aber Herr Klaus Ebert sein Heim gefunden hatte. Der Vermieter wirkte nicht sonderlich erfreut, als er Max auf dem Gang sah.

„Sind Sie gekommen, um mich auszulachen?", erkundigte er sich.

„Nein, diesmal nicht. Ich wollte Ihnen mitteilen, dass sich die Verdachtsmomente gegen Sie nicht erhärtet haben, am PC von Lennard Meyer waren keinerlei Spuren von Ihnen zu finden, und es waren auch keine Bilder von Ihnen darauf gespeichert, er war anscheinend ehrlich und hat Ihnen mit der Speicherkarte alle ausgehändigt." *Ziemlich dämlich von Lennard, kein Druckmittel in der Hinterhand zu be-*

halten, um in Zukunft einige Verbesserungen in der Wohnung durchsetzen zu können...' „Also werden Sie entlassen."

Ein kurzes Aufblitzen von Freude in dem Blick von Herrn Ebert, aber danach: „Und was bringt mir das? Hier drin war ich wenigstens sicher vor dem Wasserwirtschaftsamt und... meiner Frau... Die wird mich bei der Scheidung ausbluten lassen, nachdem Sie mich fertig gemacht hat..."

‚Hab ich dem Kerl etwa noch einen Gefallen getan, indem ich ihn eingebuchtet hab?', schoss es Max durch den Kopf. *‚Das geht mal gar nicht!'* „Das Wasserwirtschaftsamt werden Sie nicht so schnell los, aber Ihre Frau auch nicht, sie weiß bisher nichts von Ihrer Freizeitbeschäftigung in Ihrer Mietwohnung."

„Aber Sie werden es ihr noch sagen, Herr Kommissar, oder? Ich kann Sie einschätzen, Sie werden es doch genießen, mich im Dreck liegen zu sehen..."

‚Gar nicht mal so dumm, der gute Herr Ebert.'
„Wissen Sie, es gäbe da die Möglichkeit, die rein theoretische Möglichkeit, dass Ihre Frau nichts davon erfahren muss, das setzt natürlich ein gewisses Entgegenkommen Ihrerseits voraus..." Max machte eine bedeutungsvolle Pause. Ebert schien mit einem Mal sehr interessiert zuzuhören. „Es ist so, dass Ihr Mietshaus in einem nicht gerade guten Zustand ist,

insbesondere die Wasserleitungen. Und Ihre Mieter, die müssen das Ganze ausbaden.
Nicht, dass es mich etwas angehen würde, aber wenn Sie mir zusichern, dass Sie sich, zumindest nach und nach, um die Mängel kümmern, angefangen mit den Wasserinstallationen, könnte ich drauf verzichten, Ihre Frau zu verhören und ihr mitzuteilen, wie Sie verhaftet wurden."

Anfänglich schien Ebert diesem Vorschlag nicht abgeneigt, doch einen Moment später wurde seine Miene wieder düster. „Das würde ich ja machen, aber wie soll ich mir das Leisten? Wissen Sie, das Leben ist doch so teuer, und da bleibt kaum was auf der hohen Kante."

Besonders mit so teuren Hobbys wie Nutten...

„Da hab ich schon einen guten Vorschlag, Ihre Lebenshaltungskosten zu drücken, einfach, indem Sie für ein Jahr auf Ihre Montags-, Mittwochs- und Freitagsfreizeit verzichten. Lassen Sie mich kurz nachrechnen... über 18000 Euro würden Sie dadurch sparen, in einem Jahr."

„Und wie soll ich mich dann überhaupt entspannen können?", fragte Ebert fassungslos.

„Vögeln Sie Ihre Frau."

„Haben Sie die mal gesehen?"

„Dann schalten Sie das Licht aus." *Soweit ich mich an dein Aussehen in Unterwäsche erinnere, hätte auch deine Frau was davon...*

„Aber das Mietshaus bringt nicht besonders viel ein..."

„Sie vermieten die Wohnung, die sie bisher selbst genutzt haben ja auch wieder, dann ergibt das nach meiner Rechnung Jahreseinnahmen von mehr als 20000 Euro, also, wo liegt Ihr Problem?"

„Gut, mal angenommen, ich würde das so machen, das Geld hab ich ja trotzdem nicht sofort übrig... Und das Wasserwirtschaftsamt macht mir die Hölle heiß, wenn die Wasserleitungen nicht baldmöglichst erneuert werden..."

„Da hab ich eine Lösung für Sie." Mit diesen Worten holte Max die Geldscheinrolle aus seiner Jackentasche, die er im Spind von Lennard Meyer sichergestellt hatte und hielt sie Ebert vor die Nase. „Dieses Geld aus der Erpressung gehört schließlich Ihnen, es ist aber ein Beweisstück, da wir es bei den Sachen des Toten gefunden haben, was bis zur Lösung des Falles bei uns bleiben wird. Aber unter gewissen Umständen, könnte es ihnen ‚versehentlich' auch früher ausgehändigt werden, wenn wir uns verstehen."

Ebert schien nachzudenken, inwieweit der ganze Handel ihn zum Vorteil gereichen würde. „Herr Kommissar, ich denke, wir sind uns einig!"

„Sehr gut!" Max schloss die Zellentür auf und

händigte Ebert das Geld aus, was sich Dieser gierig in die Tasche stopfte. ‚*Nicht so stürmisch, lange wird es nicht da drin bleiben...*‘

Sie gingen gemeinsam zur Asservatenkammer, wo Herr Ebert der Rest seiner Habseligkeiten ausgehändigt wurde, plus die Speicherkarte, auf der die kompromittierenden Fotos gespeichert waren. Er prüfte nach, ob alles vorhanden war, und schien zufrieden.

Sie verließen den Raum und im Fahrstuhl sagte Max beiläufig: „Also Sie halten mich auf dem Laufenden, was die Instandhaltung des Hauses angeht, Herr Ebert?"

Ebert verzog das Gesicht zu einem Lächeln, das alles andere als freundlich war. „Nein. Ich werde an dieser Bruchbude gar nichts machen lassen. Und die Mieter, die Ihnen so am Herzen liegen... Diese Kakerlaken sind in so einem Haus auch bestens aufgehoben, wenn Sie mich fragen. Alles Asoziale, verkommene Subjekte, der Bodensatz der Gesellschaft, warum sollte ich denen eine schöne Wohnung gönnen? Ich werde die Wasserleitungen notdürftig ausbessern lassen, gerade soviel, dass das Amt Ruhe gibt, und dann wird da gar nichts mehr gemacht!"

Max blieb gelassen. „Herr Ebert, wir haben doch vorhin über Ihre Frau geredet..."

„Ha! Die kann Bullen nicht leiden, seit sie vor einigen Jahren ihren Führerschein verloren hat, weil sie besoffen gefahren ist. Ich sage ihr einfach, dass sie ein Verrückter sind, der es auf mich abgesehen hat, weil ich Sie mal beleidigt habe bei einer Verkehrskontrolle! Die ist so hohl, das wird sie mir schon glauben, vor allem weil Sie keine Beweise mehr haben, Herr Kommissar!" Ebert tätschelte seine Jackentasche, in der die Speicherkarte steckte.

„Herr Ebert, ist Ihnen eventuell aufgefallen, dass die Speicherkarte nicht in dem Beutel gesteckt hat wie Ihre anderen Sachen, sondern daneben lag?"

„Ja, und?"

„Wissen Sie, das ist eine ganz seltsame Geschichte. Die Speicherkarte war heute nämlich eine Weile verschwunden. Sie wurde glücklicherweise wieder gefunden, aber was in der Zwischenzeit damit passiert ist..."

„Sie meinen..." begann Ebert misstrauisch.

„Ganz genau! Es wäre gut möglich, dass irgendjemand die Bilder kopiert hat. Und falls dieser Jemand etwas gegen Sie haben sollte... Es wäre nicht auszudenken, was er mit diesen Bildern anstellen könnte..." Nun war es an Max, gemein zu grinsen.

Ebert stolperte rückwärts gegen die Wand des Fahrstuhls, ihm war schwindelig.

„Ach ja, nur ganz nebenbei, ich müsste Sie eigentlich wieder verhaften..."

„Was? Weswegen?" Erschrocken starrte er

Max an.

„Sie haben Beweismittel aus der Asservatenkammer entwendet. Das Geld, das Sie in der Tasche haben, ist noch nicht freigegeben."

„Aber... Das haben Sie mir selbst gegeben!" Ebert klang fast verzweifelt.

„Haben Sie Zeugen dafür?", fragte Max kalt. „Ich hingegen habe einen Zeugen, der bestätigen wird, dass das Geld noch vorhanden war, bevor Sie Ihre Sachen abgeholt haben."

Das war zu viel für Ebert, er sank in sich zusammen, sein Kinn sackte auf die Brust und er rieb sich mit beiden Händen über sein Gesicht.

„Aber Herr Ebert, keine Sorge, wir können doch über alles reden." Die Stimme von Max wurde wieder zart. „Es muss ja gar nicht zu all den schlimmen Dingen kommen, die Sie sich gerade in Ihren Gedanken ausmalen. Sie müssen sich einfach nur dazu durchringen unsere ursprüngliche Vereinbarung, entgegen Ihrem widerlichen Charakter, einzuhalten." Max tätschelte ihm aufmunternd die Schulter.

„Und welche Garantie habe ich, dass Sie mich nicht einfach aus Spaß in die Pfanne hauen?"

„Gar keine", gab ihm Max mit kaltem Lächeln zurück. „Sie werden mir einfach vertrauen müssen. Aber denken Sie mal nach: wenn ich gut gelaunt bin, würde ich nicht im Traum auf die Idee kommen, irgendjemanden fertig zu machen. Sollte ich aber schlecht gelaunt sein, komme ich vielleicht auf die Idee, einem Scheißkerl wie Ihnen das Leben kaputtzumachen, damit ich mich besser fühle. Also sollten Sie etwas dafür tun, dass ich gut gelaunt bin."

Ebert sah resignierend zu Max auf. „Also... Dann halte ich Sie bezüglich der Sanierungsarbeiten auf dem Laufenden?"

„Nein", kam es wieder hart von Max. „Ich halte mich selbst auf dem Laufenden, ich werde von Zeit zu Zeit bei Ihnen vorbeischauen, und wenn es keine Fortschritte gibt, werden einige Dinge passieren, die Ihnen gar nicht gefallen werden, klar?"

„Klar", gab Ebert mit schwacher Stimme zurück. Er rappelte sich wieder auf und schlurfte mit eingezogenen Kopf und leicht schwankend aus dem Fahrstuhl.

Max blickte ihm zufrieden hinterher. Er hatte diesen Bastard ganz richtig eingeschätzt. Hielt ihn dieser Penner für wirklich so blöd, seine Druckmittel, das Geld und die Speicherkarte mit den Fotos, einfach so ohne Quittung rauszugeben? Es war wirklich belustigend für Max.

Nachdem Herr Ebert am Horizont verschwunden war, fuhr Max mit dem Fahrstuhl wieder nach oben, es gab heute noch ein paar Dinge zu erledigen.

Zum einen durfte Paramo vom Verhörzimmer in die Untersuchungshaftzelle umziehen. Sie hatten diese Woche schon einige Gäste, die Zelle war kaum einen Tag leer. *‚Wie in einer Pension‘*, dachte sich Max. *‚Lass kein Bett zulange leer. Hm, der Slogan würde natürlich auch zu einem Bordell passen.‘* Max musste ob diesem Gedanken auflachen.

Des Weiteren musste er überprüfen, ob die Vorbereitungen für seine geplante Aktion gut liefen.

Kapitel 13

Es war spät geworden, so spät wie lange nicht mehr. Er konnte sich nicht erinnern, wann er das letzte Mal noch im Büro war als die Sonne sich schon längst schlafen gelegt hatte. Aber es war schließlich der Vorabend seines letzten Tages, und die geplante Aktion sollte ein Erfolg werden, und das Büro war zum Warten auf den Anruf, oder besser gesagt, die Anrufe, ein Platz so gut wie jeder Andere.

Er blätterte in seiner Zeitung, wobei ihn kein Artikel wirklich interessierte. Er dachte an Paramo, der jetzt in einer gemütlichen Zelle saß. Dann kam ein Gedanke an Herrn Ebert, und Max musste wieder Lächeln. Dem hatte er es wirklich gezeigt, und das zu Recht! Natürlich würde er vermutlich keinen Dank dafür erhalten, da er sich bedeckt halten musste, schließlich war sein Vorgehen nicht ganz im Einklang mit seinen Vorschriften.

Das Smartphone klingelte, und Max nahm den Anruf erwartungsvoll an, es war ein Kollege aus Team 1.

„Max, die Zielperson ist gerade ins Auto gestiegen und losgefahren."

„Gut, hängt euch dran, aber unauffällig!"
Max legte auf. Er vermutete, dass gleich ein

zweiter Anruf kommen würde.

Es verging keine Minute, bis es wieder klingelte. Diesmal war es ein Kollege aus Team 2, das Gespräch hatte den gleichen Inhalt wie das Erste, fast Wort für Wort. Max beendete es und war gespannt, ob alles so weiterlaufen würde, wie er es eingeschätzt hatte, bislang war alles eingetreten, wie von ihm erwartet. In wohliger Vorfreude legte er seine Füße auf den Schreibtisch und nahm wieder die Zeitung zur Hand, als er wieder einmal etwas vom Flur vernahm.

„SCHNEIDER!" Unverkennbar Dr. Mutzvink. Ungewöhnlich, dass der um diese Zeit noch hier war. Die Tür wurde aufgerissen, und der zornesrote Kopf von seinem Chef erschien.

„Was gibt es, Schmutzfink?"

„Stellen Sie sich nicht dümmer als Sie sind, das klappt nicht! Was soll diese total bescheuerte Aktion schon wieder? Heute Mittag waren Sie noch überzeugt, dass Frank Paramo der Täter ist, also warum haben Sie drei Zweierteams rausgeschickt und eine Spezial-Bergungseinheit angefordert?"

„Das war notwendig", war die lapidare Antwort von Max, während er gelangweilt in seiner Zeitung las.

„Wollen Sie mich ins Grab bringen? Oder soviel Steuergelder verbraten wie möglich, bis Sie sich morgen endlich von hier verpissen?"

„Was die richtigen Verwendungsmöglichkeiten für Steuergelder angeht hab' ich nicht die größte Erfahrung. Sagen Sie's mir, Chef. Die Anschaffung des neuen Fuhrparks mit BMWs und Mercedes' für die Chefetage im letzten Monat war sicherlich eine korrekte Verwendung, nicht wahr?"

Dr. Mutzvink vibrierte vor Zorn. „Versuchen Sie nicht abzulenken, Schneider! Außerdem war das vom Innenministerium in Auftrag gegeben und abgesegnet."

„Und wer hat den Vorschlag eingebracht, dass wir überhaupt neue Wagen brauchen, oder dass es die neuesten Modelle mit allen Extras sein müssen?"

Die Wut seines Chefs schien sich noch zu steigern, falls das überhaupt möglich war. „Ich diskutiere nicht mit Ihnen darüber, das geht Sie einen Dreck an!"

„Ja, natürlich, solche Dinge entscheiden die sogenannten Großen lieber unter sich und hinter verschlossenen Türen, damit das gemeine Volk nicht irgendwann aufsteht und die großen Tiere zur Verantwortung zieht, die sich teils maßlos bedienen." Max genoss es regelrecht, seinem Chef noch ein wenig weiter als sonst zu provozieren.

„Ich sollte Sie suspendieren, verdammt! Diese ständigen Unverschämtheiten habe ich schon lange satt! Bisher hat Sie Ihre Erfolgsquote gerettet, aber wie Sie gemerkt haben, konnte ich Sie trotzdem mühelos kündigen."

„Eben. Denken Sie, es rentiert sich noch, mich für nicht mal 24 Stunden zu suspendieren? Na ja, ok, Sie denken ja auch dass es sich lohnt, in jeden Arsch zu kriechen der über Ihrem Kopf auftaucht, nur auf die vage Hoffnung hin, befördert oder belobigt zu werden."

„Es reicht! Sie haben den Bogen endgültig überspannt! Diesmal liegen Sie ganz offentsichtlich total daneben, Sie haben in diesem Fall versagt, also habe ich für Ihr eigenmächtiges Handeln keinerlei Verständnis übrig. Und damit Sie es wissen, hiermit suspendiere ich..." In diesem Moment klingelte das Smartphone von Max. Mit einer Handbewegung gebot er Dr. Mutzvink, still zu sein, woraufhin dieser ihn noch wütender anglotzte.

„Schneider", meldete sich Max. Es war Team 3. Er lauschte einige Sekunden, wobei freudige Zuckungen um seine Mundwinkel zu sehen waren. „Gut, dranbleiben, und wenn er reingeht hinterher, unauffällig, aber vorher..." Max blickte Dr. Mutzvink mit einem Siegeslächeln an, „...wiederholen Sie nochmal alles, was Sie mir gerade gesagt haben." Mit diesen Worten gab Max sein Mobiltelefon an Dr. Mutzvink, der es irritiert entgegennahm und an sein Ohr hielt.

„Es ist total verrückt. Wir stehen hier gegenüber von Paramo's Wasserparadies. Es ist gerade ein neuer Taucher aufgetaucht!" Mutzvink ließ mit versteinerter Miene die Hand mit dem Telefon langsam sinken, während Max ihn triumphierend ansah.

Max saß in seinem Wagen und fuhr zügig Richtung Paramo's Fabrik. Er hatte fast das Gefühl, zu fliegen. Nach den drei Anrufen die er bekommen hatte im Büro, war er sich nun sicher, den richtigen Riecher gehabt zu haben, jetzt musste er nur noch den Elfmeter verwandeln, oder passender, die Schäfchen ins Trockene bringen. Auf dem Weg zu seinem Auto hatte er bei der Spezial-Bergungseinheit angerufen und ihnen mitgeteilt, dass sie sich unverzüglich zu Paramo's Wasserparadies begeben sollten, sein Gefühl sagte ihm, dass es dort Arbeit für sie gab.

Es war nur noch ein knapper Kilometer bis Max dort ankam, also rief er nochmals das Team an, das auf seine Anweisung hin bei der Fabrik postiert war. Ihm wurde mitgeteilt, dass sich zu dem Taucher noch eine zweite Person gesellt hatte und sich Beide bereits auf dem Fabrikgelände befanden. Die Beamten hielten Abstand und beobachteten, während sie auf die Verstärkung, in Form von Max und den beiden anderen Teams warteten, die Bergungseinheit würde erst ein wenig später eintreffen, aber das sollte nichts ausmachen.

Max stellte seinen Wagen hinter dem der verdeckten Ermittler ab und stieg leise aus. Während er sich im Schatten eines Baumes langsam vorwärts bewegte, kam ihm das Gesicht von Dr. Mutzvink ins Gedächtnis zurück, es war unbezahlbar!

Kaum war Max am Firmentor angekommen, hielten zwei weitere Fahrzeuge hinter seinem Wagen an, es waren Team 1 und 2.

„Ihr habt euch ganz schön Zeit gelassen", merkte Max an, als sie sich zu ihm gesellten.

„Wir sollten ja nicht zu dicht ran, um nicht aufzufallen, also haben wir, nachdem die hier gehalten haben, noch 'ne Ehrenrunde um den Block gedreht." Das war in Ordnung, Max wäre wohl nur ein paar Meter weitergefahren und hätte dann gehalten, aber man konnte auch auf Nummer Sicher gehen.

Nun gingen sie zu Fünft weiter, sie traten durch das offene Firmentor und stießen zu den beiden Kollegen, die im Schatten einer Hecke auf der Lauer lagen.

„Wie sieht's aus, Kollegen?", flüsterte Max.

„Die beiden Figuren sind schnurstracks auf die Wassertanks zugelaufen, sie machen sich gerade an dem Schließmechanismus der Leiter zu schaffen von einem Tank." Die Metallleitern waren mit einer Metallabdeckung gesichert, sodass man nicht einfach hinaufklettern

konnte, ein Schutz für Kinder, geistig Verwirrte und potenzielle Selbstmörder, die sich kein Hochhaus suchen oder keine Brücke nehmen wollten, um ihrem Leben ein Ende zu setzen. Der Kollege übergab ihm ein kleines Fernglas mit Nachtsichtfunktion, die bei dem Zwielicht hier im Hof von einer einsamen Glühbirne an der Lagerhalle auch notwendig war, und überzeugte sich selbst davon. Genau wie er vermutet hatte, es war der mittlere vordere Tank.
‚Der mit dem Mango-Pisswasser.' Es waren ebenso die zwei Personen, die er erwartet hatte, wobei die eine Gestalt schwer zu erkennen war, dank der Taucherbrille. Nach wenigen Sekunden hatten sie die Leiter freigelegt.
„OK, ich denke wir können eingreifen." Mit diesen Worten traten Max und die übrigen sechs Polizisten aus dem Schatten der Hecke und liefen mit schnellem Schritt auf die Wassertanks zu. Ihre Taschenlampen hatten sie auf den Boden gerichtet, um die Beiden nicht zu verschrecken. Die Kollegen von Max zogen sich in die Breite und verlagerten sich in einen Halbkreis zu den Wassertanks, während Max mittig lief und sich schon auf die Konfrontation freute. Bislang hatte sie scheinbar niemand bemerkt.
 Als es nur noch wenige Meter waren, wurden die Taschenlampen aufgerichtet und Max legte los: „Schönen guten Abend die Herren! Ich

fürchte, ich muss Sie Beide bitten, uns einige Fragen zu beantworten."

Die Beiden zuckten vor Schreck zusammen, dann wirbelten sie herum und erkannten den Kommissar. Max hätte beinahe aufgelacht, es war anscheinend der gleiche Taucheranzug, den Lennard Meyer getragen hatte.

Anfangs verharrten sie, doch einen Moment später wandten sie sich ab und flüchteten, besser gesagt, einer Flüchtete. Die Bewegungen, die der Typ in dem Taucheranzug an den Tag legte, erinnerten eher an das Watscheln einer Ente, was möglicherweise an den Schwimmflossen lag, die er an den Füßen trug. Max ging relativ gemächlich hinter ihm her, es kostete keine Mühe ihn einzuholen. Mit dem zweiten Mann hatten die Kollegen etwas mehr Arbeit, aber auch dieser kam nicht besonders weit, kurz vor der Lagerhalle hatten ihn drei Beamte gepackt und zerrten ihn wieder Richtung Wassertank.

Max winkte einen Kollegen weg, der ihm helfen wollte den Taucher zu packen, aber dazu brauchte man keinen zweiten Mann. Mittlerweile ging Max links neben ihm her und vernahm ein hastiges Atmen durch den Mund, klar, denn die Nase war ja gut verpackt in der Taucherbrille. Er trat auf eine seiner Flossen, was zu seinem Sturz führte. Die Brille brach, schützte aber sein Gesicht und es lösten sich keine Scherben, wohl doch gute Plastikware. Max packte ihn am Kragen und zog ihn hoch, der Typ wog nicht besonders viel. Er zog ihm die Taucherbrille samt befestigtem Schnorchel vom Kopf, dabei stieß dieser, der bis eben neben dem Gesicht gebaumelt hatte, an die Nase und er zuckte wieder zusammen.

„Na na Ricky, nicht so empfindlich. Für jemanden, der Leichen in Badewannen umlegt, bist du ziemlich schreckhaft."

Ehe Ricky etwas erwidern konnte, kamen auch schon die Kollegen mit dem zweiten Mann an, Micky.

„Sag gar nichts! Die haben keine Beweise!" Micky schien der Boss zu sein, oder zumindest hielt er sich dafür.

Max wollte gerade einen seiner trockenen Sprüche bringen, als er Schritte hinter sich hörte, es waren die Jungs von der Bergungseinheit, einer war, wie von Max angeordnet, in voller Schwimmmontur.

Der dritte Taucher hier auf dem Gelände, langsam wird die Sache wirklich zur Komödie', dachte sich Max gut gelaunt. „Ihr kommt gerade richtig! Der mittlere Tank hier vorne. Steigt da rein und sucht das Ding gründlich ab und sagt mir sofort Bescheid, sobald ihr was gefunden habt!" Max drehte sich wieder zu Micky und grinste ihn böse an. „Ich denke, in nicht allzu ferner Zukunft haben wir die Beweise."

Kapitel 14

Es ging mittlerweile stramm auf 12 Uhr nachts zu, aber es war noch kein Ende abzusehen, da die Bergungseinheit immer noch an dem Wassertank zugange war. Max hingegen saß im Trockenen, in der Lagerhalle von Paramo's Wasserparadies und war dabei, die neuen beiden Hauptverdächtigen zu verhören.

„Also, erzählt mir eure Version." Max saß recht bequem auf einem alten Holzstuhl, der hier zufällig stand, Micky und Ricky hingegen saßen auf zwei Getränkekisten und hatten die Hände auf dem Rücken mit Handschellen gefesselt. Offenbar hatten sie keine große Lust etwas zu sagen.

„Na kommt schon, das ist doch nun wirklich nicht so schwierig."

„Vergessen Sie's! Nach der miesen Nummer, die sie abgezogen haben, sagen wir gar nichts!" Micky schien die Lage immer noch nicht wirklich realisiert zu haben. Miese Nummer? Wenn die Beiden so blöd waren, auf so einen Trick hereinzufallen, waren sie schließlich selber schuld. Max hatte am Nachmittag bei beiden angerufen, und ihnen mitgeteilt, dass sie am nächsten Tag nicht zur Arbeit gehen mussten, da die Fabrik geschlossen und gründlich durchsucht werden würde, da ihr Chef, Frank Paramo, verdächtigt wird etwas mit dem Tod von Lennard Meyer zu tun zu haben. Die Beiden hatten natürlich Panik bekommen und waren Max in die Falle gegangen. Er ließ die Beiden überwachen und sie kamen natürlich hierher, um ihre Spuren zu verwischen. Welcher Art diese Spuren waren, da tappte Max noch im Dunkeln, aber er würde seinen Job darauf verwetten, dass sie in dem Tank mit der Mango-Brühe fündig wurden, schließlich war Lennard allem Anschein nach da drin ertrunken.

„Ihr kapiert wohl nicht wirklich, worauf das hinausläuft, oder? Sobald der Tank durchsucht ist und wir etwas gefunden haben, und verlasst euch drauf, wir werden etwas finden, bringt euch kein Geständnis mehr was, solange ihr auspackt, während wir noch suchen, habt ihr dabei geholfen, den Fall aufzuklären, und sowas wirkt sich strafmildernd aus." Das stimmte zwar nicht ganz, aber immerhin schien es den Beiden die Zunge zu lösen, zumindest blickten sie ihn mit etwas offeneren Augen an.

„Ähm, was könnten Sie uns denn für eine mildere Strafe anbieten?", wollte Ricky zaghaft wissen.

„Kommt ganz drauf an, wie viel Ihr mir erzählt, und natürlich, wer mir mehr erzählt..."

Das wirkte.

„Gut, ok, wir packen aus!", kam es vom Micky. „Ich sag Ihnen alles, was Sie wissen wollen!"

„Hey, ich erzähl's ihm!", mischte sich Ricky ein.

„Ich hab vorhin schon gesagt, du hältst die Klappe!", zischte Micky.

Max rieb sich die Schläfen. ,*Dumm und Dümmer in real life.*' Er gab sich das kindische Gezanke noch ein paar Sekunden, ehe er dazwischen fuhr. „Hey! Machen wir's doch einfach so, jeder kriegt 10 Sekunden Redezeit, und Ricky macht jetzt den Anfang!"

„Also, das war so Herr Kommissar, wir wollten die Sache heute zu Ende bringen, die wir am Sonntag angefangen hatten..." Max gebot Ricky mit erhobener Hand, still zu sein und deute auf Micky.

„... weil Sie ja gesagt haben, dass Sie morgen die ganze Firma auf den Kopf stellen wollten. Und die Sache mit Lenny..." Wieder das Handzeichen von Max, und das Signal an Ricky.

„... ist echt dumm gelaufen, echt dumm, armer Lenny... Er ist in dem Taucheranzug in den Bottich reingestiegen, wir haben sogar..."

„... ein Sicherheitsseil um ihn rum gebunden, damit wir ihn, falls was schiefgeht, rausziehen können, aber dann hat sich das..."

„... verdammte Seil irgendwo verklemmt, er

kam nicht mehr hoch, und wir konnten ihn auch nicht rausziehen, nach ein paar Minuten oder so..."

„... hat er sich nicht mehr gerührt. Das Seil hat sich dann wohl gelöst und wir haben ihn rausgezogen, aber er war schon tot, armer..."

„... Lenny, das hatte er echt nicht verdient..."

Max war beeindruckt. ‚*Hätte nicht gedacht, dass ich den zwei Halbaffen noch neue Tricks beibringen kann.*'

„OK Jungs, das lief doch sehr gut! Kommen wir nun zur Aktion mit der Badewanne. Fangen wir jetzt mit Micky an."

„Als wir ihn dann draußen hatten, haben wir überlegt, was wir jetzt tun sollen. Polizei rufen fiel da raus, weil die hätten so viele..."

„... Fragen gestellt, und wir konnten ja schlecht sagen, dass wir in dem Wassertank tauchen waren. Also haben wir uns gedacht, wir..."

„... legen ihn in seine Badewanne, damit es aussieht, als wäre er da ertrunken. Wir haben ihn also an dem Seil runtergelassen..."

„... und ihn in den Kofferraum von meinem Wagen gelegt. Wir sind zu seiner Wohnung gefahren und sind in seine Wohnung..."

„... haben die Badewanne voll gemacht und ihn hochgetragen. Wir haben nur zu viel Wasser reingelassen und ganz abdrehen ließ sich das Wasser auch nicht, tröpfelte..."

„...immer so ein bisschen weiter und als er dann drin war, ist 'ne Menge Wasser raus geschwappt. Und als wir versucht haben, ihm den Taucheranzug auszuziehen, ..."

„... ist noch mehr über den Rand, weil der Reißverschluss verklemmt war. Das verdammte Ding ging nicht mal bis zur Hälfte auf..."

Das hatte Max auch bemerkt. Als er den Taucheranzug untersucht hatte, fiel ihm gleich auf, dass der Reißverschluss etwa ein Drittel geöffnet war, und er ließ sich nicht weiter öffnen, allerdings konnte man ihn mühelos komplett schließen. Dadurch war sich Max im Grunde sicher, dass er nicht nach seinem Tod reingesteckt wurde.

„Nur mal eine Zwischenfrage, warum habt Ihr nicht hier bei der Firma versucht, ihn auszupacken?"

„Da haben wir bei der ganzen Aufregung nicht dran gedacht", gab Ricky an. Das war logisch, schließlich war gerade ihr Freund gestorben.

„OK, also weiter Micky."

„Ja, als wir gemerkt haben, dass wir den Reißverschluss nicht aufkriegen, wollten wir ihn rausschneiden, aber wir haben keine Schere gefunden, also..."

„... wollten wir eine bei mir zu Hause holen, haben aber vorher noch schnell einen durchgezogen, zur Beruhigung, und sind dann..."

„"... auf die Bullenkutsche, äh, das Polizeiauto draufgefahr'n. Und dann war'n wir im Knast."

Soweit ergab das alles Sinn, nur eine Sache verstand Max noch nicht ganz.

„Warum habt Ihr nicht einfach ein Messer aus seiner Küche genommen?"

Micky und Ricky starrten sich entgeistert an, als hätte ihnen gerade jemand die Welt erklärt. Ein „Shit" von Ricky und ein „Fuck" von Micky zeigten Max, dass er wirklich an zwei Intelligenzbestien geraten war.

„OK, soviel dazu... Jetzt interessiert mich natürlich brennend, was Ihr da drin deponiert habt."

Mit einem Mal schienen die Beiden ihre Sprache wieder verloren zu haben, sie wanden die Köpfe und versuchten, Max nicht direkt anzusehen. *‚Geht das schon wieder los...'*

„Jungs, ich glaube, Ihr habt die Sache immer noch nicht kapiert, ein Geständnis bringt nur was, wenn es umfassend ist."

Nun starrten sie ihn verständnislos an. *‚Herrgott nochmal!'*

„Wenn Ihr alles sagt, nichts weglasst und nichts dazu erfindet!" *‚Wie viel haben diese Deppen nur schon wieder gekifft?'*

Sie begriffen anscheinend langsam, sehr langsam, aber keiner der Beiden wollte wieder anfangen zu reden.

Als Max sich schon überlegte, welche Drohungen er ihnen entgegenschleudern konnte, klopfte es plötzlich an der Tür und einer der Kollegen vom Bergungsteam trat herein.

„Max, wir haben da was!", sagte er und winkte Max zu sich und flüsterte ihm etwas zu.

„Sehr interessant! Ich sehe mir das gleich mal an." Er bedeutete den beiden Beamten, die sich bislang im Hintergrund gehalten hatten, ein Auge auf die Verdächtigen zu haben.

Max wollte durch die Tür gehen, doch als Micky und Ricky das sahen, sprangen sie auf und wurden von den Polizisten festgehalten.

„Herr Kommissar, warten Sie, wir sagen es Ihnen ja!", kam Ricky aus der Reserve.

„Zu spät Jungs!", rief er über die Schulter zu. „Ich komme wieder wenn ich weitere Fragen habe." Damit war er durch die Tür.

Max ging in Richtung der Wassertanks, er war sehr neugierig auf den Fund, auch wenn ihm schon gesagt wurde, worum es sich handelte. Als er dort ankam, sah er, wie der Gegenstand an einem Seil heruntergelassen wurde. Er beschleunigte seinen Schritt und kam neben der Tasche zum Stehen. Er hatte schon einmal eine ähnliche Tasche gesehen, aber er kam noch nicht drauf, wo.

Max ging in die Hocke und zog sich ein Paar Einweghandschuhe über. Auch wenn er davon ausging, dass an der Tasche keinerlei Fingerabdrücke zu sichern waren nach einiger

Zeit im Wasser, aber eventuell am Inhalt. Er zog den Reißverschluss langsam auf, den die Kollegen wieder zugezogen hatten, bevor sie die Tasche heruntergelassen hatten. Den durchnässten Stoff drückte er zur Seite und der Inhalt kam zum Vorschein. Max griff nach einem der Zip-Beutel, der prall gefüllt war mit Geldscheinbündeln. 50er, 100er, 200er und sogar 500er. Der nächste Zip-Beutel enthielt lose Scheine, 5er, 10er und 20er. Max leerte die Tasche weiter, es waren insgesamt vier Zip-Beutel, unter diesen kam ein Haufen Kieselsteine zum Vorschein, wohl um die Tasche zu beschweren und in dem Wassertank zu versenken. *‚Gar nicht mal so dumm... im Gegensatz zu allem Anderen was die Drei abgezogen haben.'*

Max dachte nach, eine Frage ließ ihm noch keine Ruhe, woher hatten diese drei Wasserpanscher soviel Geld? *‚Das müssen mehrere 10000 Euro sein, die kommen bestimmt nicht von einer Erpressung wie Die von dem Ebert, und gespart werden es die Drei erst recht nicht haben, sonst läge das Geld auf der Bank, und nicht... Moment!'* Max öffnete einen der Beutel mit den Bündeln und sah sich die Banderolen an, ehe er noch einen Blick auf das Etikett der Tasche warf. Ein Blitz traf sein Gehirn, und die Hintergründe breiteten sich vor seinem geistigen Auge aus. Jetzt hatte er es!

Max wandte sich an einen seiner Kollegen.

„Lasst diese Kohle zählen, ich habe schon eine Vermutung, wie viel das sein wird." Er stand wieder auf und lief Richtung Lagerhalle.

Dort angekommen riss er die Tür auf und rief Micky und Ricky einen Namen zu. Erst zuckten sie erschrocken zusammen, dann sahen sie ihn erschrocken an, ehe Beide gleichzeitig „Ja, aber woher..." stammeln konnten, ehe Max wieder verschwand und zu seinem Auto lief.

Jetzt war ihm die Sache klar, aber das musste er nicht mehr heute erledigen, der neue Verdächtige lief ihnen nicht weg, da war er sich sicher.

Also würde Max noch schnell eine Sache erledigen und sich dann schlafen legen.

Morgen würde ein ereignisreicher Tag, nicht nur wegen seiner Kündigung.

Er schloss seinen Wagen auf, schnappte sich eine Mappe und ging zum Gebäude, in dem Paramo's Büro gelegen war. Er öffnete mit Franks Schlüsselbund alle Türen, die ihn im Weg waren und tat, was er vorhatte, ehe er wieder zu seinem Wagen ging und nach Hause fuhr. Vorher gab er noch die Anweisung, die beiden Kiffer-Kumpels in eine Zelle zu stecken.

Kapitel 15

Nach einer kurzen Nacht und einem nicht sonderlich ausgewogenen Frühstück kam Max in seinem Büro an. Er nahm sein Telefon zur Hand und wählte eine Nummer, als sich ein Kollege meldete, gab er Anweisung, die drei Verhörzimmer füllen zu lassen. Ihm wurde gesagt, dass es in 15 Minuten erledigt wäre. *‚Sehr gut!'* Max fühlte sich beschwingt, wenn auch etwas flau im Magen, wohl weil es sein mutmaßlich letzter Arbeitstag war.

Max machte sich gemütlich auf den Weg in den Keller. Ihm liefen einige Kollegen über den Weg, die ihn allesamt freundlich grüßten. *‚Seltsam'*, dachte er sich. *‚Sonst grüßen mich nicht mal die Hälfte der Anderen...'* Könnte daran liegen, dass es sein letzter Arbeitstag werden sollte, es hatte sich seit er es Thomas von der Asservatenkammer erzählt hatte wie ein Lauffeuer verbreitet.

Als er im Keller ankam, waren 10 Minuten vergangen, also lümmelte er vor der Gerichtsmedizin herum, ehe er sich entschloss, doch reinzugehen. *‚Ist ja vielleicht das letzte Mal...'*

„Hey Doc, na wie gehts?"

„Max! Freut mich, dich zu sehen!"

„Du meinst, bevor ich für immer verschwinde?"

„Ach komm Max, vielleicht wird Dr. Mutzvink doch noch vernünftig..."

Die Beiden sahen sich an und begannen zu lachen.

„Ach, vergiss es Doc. Ich werd' schon zurechtkommen. Vielleicht mach' ich ein Detektivbüro auf..."

„Ernsthaft?"

„Na ja, wer weiß? ‚Max Schneider, Privatdetektiv. Ihre Probleme sind mein Geschäft', klingt doch gar nicht schlecht, oder?"

„Hört sich interessant an, aber du bist nicht dafür gemacht, mit Menschen umzugehen und ihnen Vertrauen zu vermitteln."

„Da hast du recht. Seh'n wir mal, was sich sonst so ergibt."

„Lass dich doch zum gerichtsmedizinischen Assistenten umschulen, ich brauche hier unten immer Hilfe." Er grinste Max mit einem Zwinkern an.

„Ich und du, hier unten, den ganzen Tag? Nee, danke alter Junge...", Max winkte ab.

„War auch nur ein Vorschlag."

Max sah auf sein Handy, die 15 Minuten waren fast vorbei, also verabschiedete er sich und machte sich auf den Weg zu den Verhörzimmern. Vor Jedem stand ein uniformierter Kollege, was bedeutete, dass seine Interview-Partner bereits drin waren, er erkundigte sich, wer in welchem Raum saß, und nahm zuerst Tür Nummer 1.

„Guten Morgen Frank, na wie geht es uns heute?" Max klang gut aufgelegt.

„Und, was wird es heute? Dieselben sinnlosen Fragen wie gestern?", fragte Frank resignierend.

„Hehe, nein, heute nicht, ich wollte Ihnen nur mitteilen, dass Sie entlassen werden."

Frank starrte Max ungläubig an, vermutlich fragte er sich, ob Max ihn nur wieder verarschen wollte. „Ich kann also...", begann Frank.

„... Ihren Arsch hochheben, durch die Tür gehen und im Nirvana verschwinden", beendete Max den Satz von Frank.

Ein verhaltenes Lächeln huschte über Frank's Gesicht und die Erleichterung stand ihm ins Gesicht geschrieben. „Und die Sache, die du gestern..."

„Sollte keine Probleme bereiten, im Normalfall..." Mit diesen Worten bedeutete ihm Max, dass er gehen sollte, und Frank ließ sich das nicht zweimal sagen.

Als Max kurz nach Frank aus dem Zimmer trat, kam ihnen Dr. Mutzvink entgegen.

„Schneider! Ich habe eben die Entlassungsmitteilung für Frank Paramo auf meinem Schreibtisch gesehen, waren Sie nicht gestern noch überzeugt, er wäre der Täter?" Mutzvink's Stimme triefte vor Häme.

„Ich habe nie gesagt, dass er der Täter ist, er war ein Verdächtiger und ist es nicht mehr."

„Soviel zu Ihrem Instinkt..." Und an Frank gewandt: „Falls Sie vorhaben, Strafanzeige gegen Herrn Schneider zu stellen, wegen falscher Verdächtigung und übertriebener Härte bei der Verhaftung, ich werde Sie gerne dabei unterstützen, Herr Paramo!"

Kurz sah Max in den Augen des Wasserfabrikanten so etwas wie Zustimmung, doch nach einem Blick auf Max sagte er: „Ich denke, das wird nicht notwendig sein, Herr Schneider hat... nur seine Arbeit gemacht und ich... muss wohl zugeben, dass ich kurz vor der Verhaftung etwas... aggressiv gewirkt habe..."

Mutzvink starrte ungläubig zuerst auf Paramo, dann auf Max. „Also gut, wenn Sie das sagen..." Es schmeckte ihm nicht, aber er konnte nichts weiter tun. Paramo verzog sich.

„Und hat diese hanebüchene Aktion gestern nun endlich dazu geführt, dass Sie den wahren Täter verhaftet haben?"

„Nein."

„Wie ‚NEIN'? War das gestern also wieder für den... Was denken Sie sich eigentlich, Schneider? Laut dem Telefonat ist gestern bei Paramo's Fabrik ein zweiter Taucher aufgekreuzt!"

„Ja, aber das war nicht der Drahtzieher."

„Sie machen mich fertig Schneider", jammerte Dr. Mutzvink, und mit einem bösen Lächeln

schob er nach: „Aber nicht mehr lange..."
Dann verschwand er, zum Glück.

Max wischte den Gedanken an einen glücklichen Dr. Mutzvink beiseite, das verhagelte ihm nur die Stimmung. Er machte sich auf den Weg zu Tür Nummer 3.

„Guten Morgen Roy! Na wie fühlen wir uns denn heute?" Max' fröhliche Begrüßung schien "Roy" zu verwirren.

„Guten Morgen. Was kann ich nun wieder für Sie tun, Herr Kommissar? Wollen Sie mir wieder sagen, dass Sie meine Komplizen hier im Revier haben und die auspacken wollen?"
Roy schmunzelte.

„Ich wollte Sie nur etwas fragen, und zwar, wissen Sie noch, welchen Spitznamen wir Ihnen gegeben hatten?"

„Ja, Red-Roy. War sehr amüsant für mich."

„Hm, für uns auch. Und wie wir darauf gekommen sind, ist Ihnen auch noch im Gedächtnis?"

„Ja, durch die Taschen, die ich benutzt habe, von der Marke Red-Bag, warum fragen Sie mich danach?" Roy verstand nicht, worauf Max hinaus wollte.

„Ach, wissen Sie, ich habe mich nur gefragt, ob Sie Ihre Beute immer in diesen Taschen transportiert und gelagert haben..."

Roy kniff die Augen zusammen. „Was wollen Sie eigentlich von mir?" Es lag Misstrauen in seiner Stimme.

„Im Grunde will ich Ihnen nur einen Tipp geben: Sollten Sie jemals wieder aus dem Gefängnis rauskommen, und wieder ein paar Raubzüge planen, suchen Sie sich bessere Komplizen als drei verblödete Kiffer."

Das blanke Entsetzen stand Roy ins Gesicht geschrieben, als die Erkenntnis in sein Bewusstsein drang, dass der Kommissar von Lenny, Ricky und Micky sprach. Diese Idioten hatten sich erwischen lassen!

„Tja Roy, damit ist deine Geschichte beendet!" Max verließ, zufrieden grinsend, Verhörraum Nummer 3 und begab sich zu Nummer 2.

„Herr Kommissar, wie gehts Ihnen? Waren Sie schon bei Roy?" Micky war ziemlich neugierig heute, lag vielleicht am THC-Entzug.

„Ja, er war wohl etwas überrascht."

„Ich hoffe, er ist nicht allzu sauer auf uns...", warf Ricky ein.

„Kann ich im Moment noch nicht beurteilen, aber es dürfte seine Wut auf euch schon mildern, dass er so oder so eingefahren wäre. Nur jetzt wartet nach seiner Knastzeit keine Kohle mehr auf ihn."

„Also mich würde das sauer machen...", meinte Micky.

„Wie dem auch sei, machen wir mal weiter. Eine Sache geht mir noch nicht in den Kopf, warum habt Ihr Geld für Dope gebraucht, und

Lenny hat Ebert erpresst, wenn Ihr die Geldtasche hattet?"

„Tja, die lag da schon im Tank, außerdem hat Roy gemeint, wir dürfen bloß nichts davon ausgeben, das Geld muss erst gewaschen werden." Micky machte ein trauriges Gesicht.

‚Ah ja, und deswegen habt Ihr es in den Wassertank', dachte Max und grinste.

Ricky machte weiter. „Wir dachten ja auch, das ist übervorsichtig, aber Roy sagte irgendwas von Nummern die durchlaufen, und verfolgt werden können..."

‚Gar nicht so dumm von Roy.' „Also kann man festhalten, Ihr solltet das Geld verstecken, bis Roy wieder aus dem Knast kam, oder zumindest, bis etwas Gras über die Banküberfälle gewachsen wäre. Wie habt Ihr euch eigentlich kennengelernt?"

„Er hat seinen Stoff beim selben Dealer gekauft wie wir, und irgendwann sind wir mal ins Gespräch gekommen. Nach 'ner Weile haben wir uns auch privat getroffen und er hat Lenny, Micky und mich gefragt, ob wir schnell viel Geld machen wollen, und wir wollten natürlich..."

„Nächste Frage: Warum wolltet Ihr die Tasche rausholen? Als Lenny ertrunken ist, war euch doch noch niemand auf die Schliche gekommen..."

„Weil der Wassertank wieder in Betrieb genommen werden sollte diese Woche, vorher war er aus irgendeinem Grund stillgelegt, also dachten wir, das wäre ein perfektes Versteck. Als dann der Chef ankam und meinte, ab Montag laufen wieder alle Tanks, dachten wir, wenn sich das Ding irgendwo reinhängt, wird der Tank kontrolliert und die Tasche gefunden..." Ricky machte ein hilfloses Gesicht.

„Gut, dann hat sich das auch erledigt. Aber eine Sache müsst Ihr mir noch erklären: Als Lenny mit dem Taucheranzug in den Tank gesprungen ist, habt Ihr ihm ein Sicherungsseil umgebunden, warum habt Ihr nicht ein Seil an die Tasche gemacht, bevor Ihr sie versenkt habt, um sie später einfach wieder hochzuziehen?"

Die Beiden sahen sich wie am Vortag an und ihren Gesichtern nach zu urteilen, schienen sie in Gedanken ihre Worte von gestern zu wiederholen: Fuck und Shit...

Kapitel 16

Die Verhöre und Feststellungen waren beendet, der Fall gelöst und Max zufrieden, zumindest was diesen Teil des Tages anging. Noch stand ihm der letzte Gang bevor, wenn er seine Sachen packen und verschwinden musste, aber bis dahin war noch ein wenig Zeit.
 Roy wurde unter heftigen Schimpftiraden Richtung Micky und Ricky zurück in seine Zelle gebracht, die beiden Kifferbrüder wurden zur psychologischen Begutachtung verfrachtet, um zu prüfen, ob sie überhaupt zurechnungsfähig waren, was Max stark bezweifelte. Eventuell kamen sie durch ihre Kifferei sogar glimpflich davon, aber einfahren würden sie so oder so, ob in den Knast oder in eine psychotherapeutische Einrichtung.
 Nun war es an Max, seinen vielleicht letzten Bericht zu schreiben. An einigen Stellen musste er unwillkürlich schmunzeln. Roy hatte wirklich an vieles gedacht, aber die Original-Bank-Banderolen an dem Geld zu lassen war nicht gerade klug, dazu immer die gleiche Art Tasche von Red-Bag zu benutzen machte es Max leicht die richtigen Schlüsse zu ziehen. Als er schrieb, dass Micky und Ricky den gleichen Taucheranzug wie Lenny gekauft hatten,

und das sogar im selben Geschäft, da musste er auflachen. Es war wirklich ein erheiternder Fall, der jetzt zu Ende war.

Als der Bericht fertig war, machte sich Max an einen Entwurf für eine E-Mail, die er heute noch abschicken wollte. Er lud ein paar Anhänge hoch und suchte nach den richtigen Worten, um der E-Mail das nötige Gewicht zu verleihen.

Als er die letzten Worte in die E-Mail eingetippt hatte, klopfte es an seiner Tür. Nach seinem „Herein" trat ein sichtlich fröhlicher Heinzelmeier in sein Büro.

„Ah, der gute Hausmeister! Was kann ich für Sie tun?"

„G-guten Tag Herr S-schneider! Ich w-wollte Ihnen nur etwas g-geben." Mit diesen Worten legte Herr Heinzelmeier einen offenen Briefumschlag auf Max' Schreibtisch.

Max sah den Hausmeister fragend an, doch dieser lächelte nur freundlich und verabschiedete sich.

Er nahm den Umschlag und zog ein gefaltetes DIN-A4-Blatt heraus, das handschriftlich beschrieben war.

Irritiert begann Max zu lesen:

Als Herr Heinzelmeier an diesem Morgen erwachte und kurz darauf die Türklingel hörte, dachte er zuerst, er hätte das nur geträumt, doch als es aber-

mals klingelte, stand er auf und öffnete. Zu seinem Erstaunen stand ein sichtlich nervöser, aber im Vergleich zu sonst äußerst freundlicher Herr Ebert in der Tür, der Herrn Heinzelmeier darüber informierte, dass in der nächsten Woche die Wasserleitungen erneuert werden sollten. Ebenso fragte Herr Ebert, was nach der Meinung des Hausmeisters nach den Wasserleitungen am wichtigsten wäre zu erneuern.

Herr Heinzelmeier gab überrascht seine Vorschläge an, natürlich mit dem Hintergedanken, dass Herr Ebert alles abschmettern würde, doch zu seiner großen Verwunderung hörte sich sein Vermieter alles an und meinte, nachdem Heinzelmeier geendet hatte, dass er sich gerne um alle diese Dinge kümmern werde.

Heinzelmeier musste sich an die Brust fassen, sein Herz hatte einen Schlag ausgesetzt. Dieser Mann war nicht sein Vermieter, es musste ein Doppelgänger sein, oder jemand hatte ihm eine Gehirnwäsche verpasst.

Nachdem sich Herr Ebert verabschiedet hatte, dachte Herr Heinzelmeier fieberhaft nach, wie es zu alledem kommen konnte, und nach einigen Minuten wurde ihm klar, dass nur eine Person dafür verantwortlich sein konnte: Der Kommissar der diesen Fall des toten Tauchers untersucht hatte!

Der Hausmeister hatte ein breites Lächeln im Gesicht, und auch wenn der Kommissar es nie zugeben, und Heinzelmeier ihn nie direkt darauf an-

sprechen würde, so war er ihm unendlich dankbar für das, was er getan hatte, egal wie er es angestellt hatte.
 Auch wenn dieser Kommissar auf manche vielleicht mürrisch, primitiv und launisch wirkte, so hatte er unter seiner rauen Schale ein großes Herz, und dieses am richtigen Fleck...

Max betrachtete dieses „Dankschreiben" mit großen Augen. Er fühlte sich auf wundersame Weise einiger Lasten entledigt, solch eine Anerkennung seiner Leistung verschaffte einem doch ein nicht zu unterschätzendes Hochgefühl; daran sollte sich sein Chef mal ein Beispiel nehmen.
 Dieser Heinzelmeier war schon ein sympathischer Kerl, er musste ihn wohl mal auf ein Bier treffen.

Kapitel 17

Nun war es soweit. Offiziell war seine letzte Arbeitsstunde an seinem, na ja, mittlerweile doch ganz lieb gewonnenen Arbeitsplatz vorbei. Sein Schreibtisch war ausgeräumt, sein Kalender mit Motiven aus verschiedenen Computerspielen, unter anderem Artworks von „Duke Nukem Forever" und „Deus Ex", abgehängt und die Poster zum Ausklappen aus einem Herrenmagazin von den Innenseiten der Schranktüren entfernt.

Max hatte vor einigen Minuten noch eine E-Mail abgeschickt, jetzt wurde der PC heruntergefahren und der Bildschirm ausgeschaltet. Max sah sich noch einmal kurz um, bevor er den Karton nahm und aus dem Zimmer schritt.

Nachdem er sein Büro verlassen hatte erblickte er seine Kollegen. Der Gerichtsmediziner, die Jungs von der Spurensicherung, die Sekretärinnen und die Nerds aus der Informatik-Abteilung und natürlich auch Thomas von der Asservatenkammer und sein Kollege Arni. Sie alle standen fein säuberlich aufgereiht, um ihn zu verabschieden, und das ohne hämisches Grinsen, obwohl er mehreren von ihnen das Leben ein ums andere Malschwer gemacht hatte. Sie alle waren hier, um ihm das letzte Geleit zu geben. Bei einigen von ihnen glaubte Max sogar, Tränen in den Augenwinkeln zu erkennen.

‚Nun, sowas nennt man wohl eine standesgemäße Verabschiedung!' Während er langsam an seinen Kollegen vorbeizog, den Blick immer stur geradeaus gerichtet, vernahm er immer mal wieder ein leises Wimmern. *‚Nicht übertreiben, Leute!'*

Als er dem Ausgang immer näher kam, konnte man fast meinen Frank Sinatra's ‚I did it my Way' zu hören. Er blieb stehen und drehte sich noch einmal um, ein letzter Blick auf seine Kollegen, ehe er eine Hand von dem Karton mit seiner Habe löste und die Klinke ergriff. *‚So endet es also...'*

„Max!", hallte es durch den Gang und alle Köpfe schwenkten auf die Person, von dem das Wort kam. Dr. Mutzvink war aus seinem Büro gestürmt und hielt auf Max und die Ehrengarde zu. Alle sahen ihn erstaunt an.

„Herr Schneider, so warten Sie doch!" Ein gezwungenes Lächeln saß auf Dr. Mutzfink's Gesicht.

„Tut mir leid, Dr. Mutzvink, aber mein Dienst ist zu Ende und das war mein letzter Arbeitstag." So höflich war Max nicht mehr gewesen, seit dem Tag als er zum Kommissar befördert wurde.

„Lassen Sie uns doch noch ein paar Worte unter 4 Augen wechseln." Sein Lächeln schien wie festgetackert zu sein, obschon es mittlerweile etwas verschoben wirkte.

„Wenn Sie mir noch etwas zu sagen haben, dann tun Sie das ruhig vor meinen Kollegen." Max blieb höflich, aber bestimmt.

„Äh, ja, natürlich!" Er strich sich nervös über das Kinn. „Also, Max, ich denke, wir sollten, nun, mit ein wenig Abstand betrachtet, manche vergangenen Dinge nicht überbewerten. Ich meine, Sie haben überreagiert, ich habe, ein wenig, überreagiert, wir haben beide etwas Dampf abgelassen und uns wieder beruhigt. Also, was ich eigentlich damit sagen will, das ist..." Dr. Mutzvink schienen die Worte, die er sagen wollte, Magenschmerzen zu bereiten. "... lassen Sie uns doch diese ganze Sache, ich meine, dieses Missverständnis, das zu dieser Unstimmigkeit zwischen uns geführt hat, doch einfach vergessen und Sie räumen Ihren Schreibtisch wieder ein."

Nun blickten die Kollegen nicht mehr erstaunt, sondern fassungslos drein. *‚War das wirklich ihr Chef?'*, schien es allen durch den Kopf zu gehen. Die Miene von Max verriet noch keine Gefühlsregung.

„Ist es wirklich das, was Sie wollen, Dr. Mutzvink?"

Ein Zucken lief um Dr. Mutzvink's Mundwinkel. „Ja", drückte dieser hervor, „Das ist es, was ich will."

Max machte ein leicht nachdenkliches Gesicht, während er an die Decke starrte, um den Eindruck zu vermitteln, scharf nachdenken zu müssen.

Dr. Mutzvink schien es in der Stille unbehaglich zu werden. „Natürlich würde ich Ihnen, in Anbetracht Ihrer Umstände, in einigen Bereichen entgegenkommen." Keine Reaktion von Max' Seite. „Zum Beispiel beim Thema Urlaub, Arbeitszeit und Überstundenbezahlung." Noch keine Reaktion von Max. „Und natürlich auch beim Thema Wasser." Die Gesichter wandelten sich zu reinen Schockmienen, Max wunderte sich, dass keiner von ihnen in Ohnmacht fiel.

„Hm, ich denke, darüber lässt sich reden, Dr. Mutzvink. In Ordnung, ich bleibe."

Nachdem sich der erste Schock über ihren Chef gelegt hatte, realisierten sie, was eben geschehen war, und begannen lautstark zu jubeln. Max hatte sein neutrales Gesicht mittlerweile auch abgestreift, schüttelte, Hände, umarmte seine Kollegen und badete in seinem Beifall. Nun meinte man die Sportfreunde Stiller mit ‚Applaus, Applaus' zu hören. Aus dem allgemeinen Freudentaumel löste sich Dr. Mutzfink als Erster und verschwand wieder in seinem Büro.

Nach einigen Minuten, in denen er einige Glückwünsche entgegengenommen, und einige Tränen getrocknet hatte, ging er zurück in sein Büro, um alles wieder einzuräumen. Wie es aussah, war seine Karriere bei der Polizei doch noch nicht beendet...

Kapitel 18

Die Hochstimmung hatte sich gelegt und Max war mit dem Einräumen seiner Sachen fertig. Er warf einen Blick auf sein Smartphone. *‚Das sind die ersten Überstunden, die ich in Rechnung stelle'*, dachte er eben bei sich, als es an der Tür klopfte und nach Max' „Herein" Arni eintrat.

„Hey Max! Junge, ich will dich ja nicht nerven, aber wie hast du das gemacht?" Arni's Tonfall war mehr als neugierig.

„Was meinst du, Kollege? Kann ein Mann wie Dr. Mutzvink nicht seine Meinung ändern und aus freien Stücken das moralisch Richtige tun?"

Arni warf Max einen seiner schiefsten Blicke zu, bis dieser zu Grinsen anfangen musste.

„OK, OK", sagte Max lachend, „Ich erzähls dir ja." Max nahm einen großen Schluck aus seiner eigenen Wasserflasche, die neben seinem Schreibtisch stand.

„Also, pass auf: Als wir Frank Paramo hier hatten zum Verhör, hab ich das Tonband für ein paar Minuten ausgemacht, du erinnerst dich? Dachtest ja, ich wollte ihm ans Leder, in gewisser Weise wollte ich das auch, aber nicht mit den Fäusten. Als ich bei ihm in der Firma war, hab ich ihn mal rausgeschickt, um mir eine Flasche Wasser zu holen, in der Zeit hab ich mich mal ein wenig umgesehen und hab in seinem Büro einige interessante Unterlagen gefunden, über Wassertests in seinem Werk und seiner Quelle, es waren ein paar Anmerkungen zu einer merklichen Abnahme der Wasserqualität dabei." Max machte eine Pause, um noch einen großen Schluck aus seiner Flasche zu nehmen. „Alles soweit ja kein Problem, solche Bedenken hat jeder Gesundheitsinspektor, und sowas lässt sich ja auch beheben, gesetzt den Fall, man investiert in neue Filter und die Wartung der Maschine, die die Flaschen reinigt und das Wasser abfüllt. Tja, das hat Frank offenbar nicht für nötig gehalten, oder besser gesagt, wollte er sich nicht leisten. Er hat lieber seine Kontakte spielen lassen, um den Prüfer versetzen zu lassen, und seltsamerweise wurde ihm kein Neuer zugeteilt." Nochmals eine Pause für einen Schluck. „Aber aufgrund mehrerer Beschwerden und dadurch immer weniger Abnehmer für sein Wasser wurde es ihm langsam finanziell eng um die Halskrause, bei seinem aufwendigen Lebensstil ganz schlecht, und da flatterte plötzlich ein Großauftrag herein, der für das Polizeirevier. Und der kam von keinem Geringeren als unserem lieben Dr. Mutzvink, der übrigens seit Jahren mit Paramo im selben Golfclub ist."

Arni konnte es nicht glauben. „Woher weißt du das alles, Max?"

„Ein Eintrag in Paramo's Terminkalender: Einladung Golf Dr. Mutzvink, Wasserdeal."

Arni blieb der Mund offen stehen. „Wahnsinn!"

„Oh ja, aber es geht noch weiter: ein Abteilungsleiter aus dem Landratsamt ist im selben Golfclub, der zufälligerweise mit dem Gesundheitsamt zu tun hat. Die 3 sind also Amigos, einer hilft dem Andern, wenns sein muss. Da gab's auch ein schönes Blatt Papier auf Paramo's Schreibtisch. Ich hab übrigens alle Unterlagen wieder zurückgelegt, nachdem ich sie kopiert hatte, ich bin also kein Dieb."

„Und das lag alles offen auf Paramo's Schreibtisch?", wollte Arni ungläubig wissen.

„Scheinbar hat er gerade, als ich reingeschneit bin, die ganzen Sachen sortieren oder verschwinden lassen wollen."

„Dir ist aber schon klar, was für einen ungeheuren Dusel du da hattest, oder?"

„Darf doch auch mal jemand anderen treffen als Fußballvereine, oder? Außerdem wie sagt man so schön: Das Glück ist mit den Tüchtigen." Max grinste.

„Dann verstehe ich nicht, warum du so ein unverschämtes Glück hattest. Das gibt's einfach nicht..."

„OK, dann sieh's einfach so wie in dem anderen Sprichwort: das Glück ist mit den Dummen." Max zwinkerte lachend.

„Gut, damit kann ich mich abfinden", meinte Arni nun auch mit einem Grinsen im Gesicht. „Wie gings weiter?"

„Tja, nachdem ich diese schriftlichen Bedenken wegen der Wasserqualität gesehen hatte, hab ich noch ein bisschen weiter gesucht, und die stornierten Aufträge gefunden, dazu die Bilanzen der letzten paar Monate. Damit hatte ich genug, um ein bisschen auf den Busch zu klopfen bei dem Verhör und Frank ist prompt drauf eingestiegen und hat gebeichtet. Die Bestätigung vom Golfclub war natürlich nur eine Formsache, schließlich bin ich Polizist. Und schlussendlich hab ich all das gestern an den lieben Dr. Mutzvink per E-Mail geschickt, zusammen mit seinem Kündigungsschreiben, hier." Max reichte Arni ein Blatt Papier.

„... unbegründete Kritik an der Wasserqualität... vorsätzlicher Angriff auf einen Vorgesetzten... Verunglimpfung eines unbescholtenen Geschäftsmannes..." Arni war perplex. „Wenn diese Kündigung an die Öffentlichkeit gedrungen wäre, zusammen mit den Unterlagen über Paramo, hätte er seinen Hut nehmen müssen und wäre mit einem Arschtritt abgefunden worden."

Max lachte auf. „Das vielleicht nicht, aber

man hätte ihn wohl in die Asservatenkammer strafversetzt und unseren guten Thomas befördert."

„Das alles hab ich Frank in der Zeit erzählt, als er hier beim Verhör war, und auch, dass eine Mappe mit allen Unterlagen und einer Wasserprobe, in Form eines Wasserkanisters aus unserem Lager, bereitsteht für die Presse. Ich hab ihm das Versprechen abgenommen, dass er seinen Laden dichtmacht bis alles gerichtet wurde, sämtliches Wasser aus seiner Fabrik wird zurückgerufen und er entschädigt alle, die seine Plörre trinken mussten. Der Typ aus dem Landratsamt lässt sich ebenfalls versetzen, er ist in Zukunft als Außendienstler für Landwirte mit dem Schwerpunkt Rind- und Schweinezucht verantwortlich, er wird die Beschaffenheit der Misthaufen begutachten. Und der Schmutzfink, du hast ja gehört, er ist ziemlich einfallsreich was die Wiedergutmachung angeht."

Arni konnte es noch immer nicht fassen...
„Aber... Wenn du das alles schon wusstest, und gleich vorhattest, Dr. Mutzvink zu erpressen, warum hast du so zerknirscht getan?"

„Hey Arni, Erpressung ist ein hartes Wort... Ich habe ihm die Sachen ja kommentarlos geschickt. Außerdem konnte ich ja nicht sicher sein, dass der Schmutzfink drauf einsteigt. Auch hab ich auf die Mail von gestern erst keine Reaktion erhalten, deswegen hab ich vorhin nochmal eine Nachricht nachgeschoben, mit der Aufforderung, mal meine letzte Mail in Augenschein zu nehmen. Er hätte mich auch bei der Dienstaufsicht hinhängen können. Ich hab zwar keine konkreten Forderungen in die Mails geschrieben, aber der Odenwalder hätte mir das bestimmt als versuchte Erpressung eines Vorgesetzten ausgelegt und mich dafür rausgeschmissen, da sind die Typen von der Dienstaufsicht irgendwie eigen... Aber meine Einschätzung war richtig, dass der Chef kapiert hat: seine Fallhöhe ist wesentlich größer als meine."

„Und welches Wasser wirst du Dr. Mutzvink nun vorschlagen für das Revier?"

„Nun, ich hab hier ja einen guten Sixpack vom Discounter um die Ecke, nicht gerade schlecht, und gar nicht mal so teuer, aber leider führen die das Wasser nicht in Kanistern... Also hab ich diese Idee gehabt..." Max schob einen Zettel über seinen Schreibtisch.

Arni gingen die Augen über. „Bist du verrückt? Das ist das teuerste Wasser, das es gibt!"

„Aber nicht doch, ich hab mich informiert, es ist nur das drittteuerste Wasser auf dem Markt in Deutschland."

Arni starrte Max ungläubig an.

„Ist ja nur eine Art Eröffnungsangebot, damit

er gleich sieht, dass er seinen Vorgesetzten einen höheren Wasserpreis erklären muss."

„Hast du ihm diesen Vorschlag schon zukommen lassen?"

Diese Frage beantwortete sich von selbst, als im nächsten Moment ein unverkennbares Brüllen vom Flur zu vernehmen war:

„SCHNEIDER!"

„Schon per E-Mail vorgeschlagen", sagte Max schmunzelnd und nahm noch einen Schluck von seinem Wasser.

Nachwort

Da sind wir also am Ende der Geschichte, wieder einmal. Trotz ein paar kleiner Veränderungen am Satzbau, dem Umfang und der Rechtschreibung blieb es vom Erlebnis doch die gleiche Story, würde ich sagen.

Für all jene, denen es genügt, das 1. Buch ein wenig anders (vielleicht sogar verbessert?) erlebt zu haben, kann hier nun Schluss sein, ich bedanke mich herzlich für das Interesse und verabschiede mich bis zum nächsten Buch!

*****ENDE*****

Für alle anderen, die doch lieber etwas Neues zu lesen bekommen hätten, möchte ich auf die nachfolgenden Seiten verweisen, falls Interesse daran besteht, wie es auch hätte weitergehen können mit Max. Die Idee dazu ist recht frisch, hatte erst wirklich Gestalt angenommen, als ich schon mittendrin war, die 10 Jahre Jubiläumsedition in Form zu bringen.

Noch eine kleine Anmerkung: ich möchte bitten, über die Bilder, die beim Lesen vor dem inneren Auge entstehen, einen leichten Sepia-Filter zu legen, für die passende Stimmung ;)

Und nun: allen Interessierten auf den nachfolgenden Seiten viel Vergnügen!

Alternatives Kapitel 17

Der Fall war gelöst, und das sogar vor seinem letzten Arbeitstag. Diesen hatte er genutzt, einen einigermaßen stimmigen Bericht über diesen Fall zu verfassen, was er nun, am Ende seiner letzten Arbeitsstunde, zu einem Ende gebracht hatte.

Er sah noch einmal auf den Bildschirm seines Dienst-PCs, ehe er den Computer mit wenigen Klicks in seinen wohlverdienten Feierabend entließ. Der Monitor wurde dunkel, da es kein Signal mehr gab, welches ihn dazu veranlasste, farbige Pixel auf seinem Bildschirm anzuzeigen. Ehe die Meldung „Kein Signal" mit weißen Lettern in einer grauen Textbox erscheinen konnte, drückte er den Knopf und auch er wurde für heute außer Dienst gestellt. In der nächsten Woche wurde ein anderer seinen Dienst hier antreten, den Monitor einschalten und den PC hochfahren. Natürlich nur, wenn sich die krankheitsbedingten Ausfälle etwas abschwächen sollten, sonst würde hier in diesem Büro vorerst nicht gearbeitet werden.

‚Na ja, so viel hab' ich hier auch nicht gearbeitet...', dachte sich Max, während er sich von seinem Bürostuhl erhob, um seine Habselig-

keiten zusammenzusammeln. ‚*Diesen Stuhl werd' ich am meisten vermissen...*', ging es ihm wehmütig durch den Kopf. Es war ein harter Kampf gewesen, diesen ergonomisch perfekt an seinen Rücken angepassten Stuhl zu bekommen, Dr. Mutzvink hatte vermutlich persönlich im Innenministerium interveniert, damit Max weiter seine Rückenschmerzen erhalten blieben. Ein Vorschlag zur Güte war, dass ihm sein Arbeitgeber eine Mitgliedschaft in einem Fitnessstudio bezahlt hätte, zur Stärkung der Rückenmuskulatur. Max war schon fast versucht, das Angebot anzunehmen, aber da ging anscheinend einem dieser Sesselwärmer, der von seinem Chef belabert wurde, eine Rechnung auf: Die Mitgliedschaft im nahegelegenen Fitnessstudio „Tres Musculos" würde im Laufe von etwa zwei Jahren mehr kosten als ein Stuhl, der gut und gerne fünf bis zehn Jahre den gleichen Job erledigt hätte, Max zumindest zeitweise von seinen Rückenschmerzen zu befreien.

Das überraschte Max, waren doch die Beamten in der Kostenstelle früher doch gerne mal verschwenderisch unterwegs. Nicht, dass sie Kollegen wie Max etwas gegönnt hätten, vielmehr lag das an einer gewissen Inkompetenz, wie er fand.

Er besah sich seinen Stuhl ein letztes Mal. ‚*Wenn ich könnte, würde ich dich in meinen Kar-*

ton packen...' Doch sein Stuhl passte nicht in den armseligen Pappkarton, welchen er in seinem Schrank gefunden hatte, alles andere war bereits darin verstaut. Ein Bild von seinem Kollegen Arni und ihm von seiner letzten Geburtstagsfeier, eine Miniatur-Winkerkelle welche ein Geschenk von einem anderen Kollegen war und eigentlich als Schlüsselanhänger gedacht war, aber Max sorgte sich, dass sie kaputt gehen könnte und so diese Erinnerung an seinen Kollegen eines Tages im Müll landen würde, also hatte er sie mit einem Nagel durch den Schlüsselring an der Pinnwand befestigt. Des Weiteren fand er lediglich noch einige alte Notizzettel, auf denen er sich private Dinge notiert hatte, den dazugehörigen, halbleeren Notizblock und ein paar Kugelschreiber. Den Staub in den Schubladen, der durch das häufige offen stehen lassen dieser den Weg ins Innere gefunden hatte, ließ er da.
 Er warf nochmals einen Blick auf seinen Schreibtisch und siehe da, er hatte doch etwas vergessen: seine kleine Garfield-Figur! Diese begleitete ihn schon eine ganze Weile in seinem Leben und er fühlte sich ein wenig mies, dass er sie fast vergessen hätte. Er nahm sie in die Finger und blies die leichte Staubschicht ab. Der orangene Kater mit den schwarzen Streifen hatte ein äußerst missmutiges Gesicht aufgesetzt und hielt ein Schild hoch, auf dem

„Ich hasse Montage!" geschrieben stand.

Max lächelte, während er Garfield in den Karton setzte und diesen vom Schreibtisch aufnahm. Er ging langsam zur Tür und drückte die Klinke herunter, zog mit dem Ellenbogen die Tür auf und schob sich auf den Flur.

Er hatte im Grunde mit nichts gerechnet, aber diese Erwartung wurde alles andere als erfüllt. Es schien, als wäre das gesamte Revier auf dem Flur. Links wie rechts standen seine Kollegen, Streifenpolizisten, Kommissare, die Leute aus der Gerichtsmedizin, die von der Spurensicherung, Sekretärinnen, verdammt, er sah sogar einige der Putzfrauen!

Er ging langsam den Weg entlang, den sie ihm in der Mitte des Flurs freigelassen hatten, mit offenem Mund, ungläubig staunend. Er hatte einigen das Leben nicht gerade leicht gemacht, sie ihm auch nicht, also es beruhte mehr oder minder auf Gegenseitigkeit. Aber dennoch, so eine Verabschiedung? Keine schadenfrohen Grinse-Fressen, kein Lachen hinter vorgehaltener Hand, kein Getuschel über seine Verfehlungen, nachdem er vorübergegangen war, sondern ehrliche, menschliche Anteilnahme? Es herrschte eine gedrückte Stimmung, ein paar der Kollegen schienen die Fassung nur schwerlich halten zu können. Er fühlte, wie Rührung in ihm aufstieg und sogleich sorgte er sich, dass das Stechen, wel-

ches er hinter seinen Augen verspürte, ihm die ein oder andere Träne abringen wollte.
Er beherrschte sich, wenngleich es ihm mit jedem Schritt schwerer fiel, doch kam er dem Ziel stetig näher, er musste nicht mehr lange durchhalten... Es kam ihm vor, als würde er in Amerika die grüne Meile entlang marschieren, an deren Ende allerdings kein rostiger grüner Kombi warten würde.

Er bog den Gang nach links ab, wo ihn die Ausgangstüre erwartete, doch nicht nur diese tauchte in seinem Blickfeld auf, sondern auch ein widerlich grinsender, schadenfroh dreinblickender Dr. Mutzvink. Diese stand mit verschränkten Armen in seinem teuren Anzug einfach nur da und badete in seinem Triumph. Ohne Zweifel war dies einer der schönsten Tage der letzten Jahre für ihn.

Nun war Max noch mehr als zuvor entschlossen, nicht eine Träne zu vergießen, diese Genugtuung würde er seinem Chef niemals gönnen.

Als er der Tür und somit seinem Chef immer näher kam, ergriff dieser die Türklinke und drückte das Portal auf. Wie in einer fließenden Bewegung schritt Max an ihm vorbei, durch die geöffnete Tür und Dr. Mutzvink ließ den Griff los, wodurch der Türflügel langsam wieder, geführt von einem montierten Türschließer, an seinen ursprünglichen Platz schwenkte.

Max trat die Treppenstufen hinunter und beschleunigte seinen Schritt. Er wandte sich nicht um, nein, das würde er nicht tun.

Der Parkplatz lag vor ihm, er zog den Autoschlüssel aus seiner Tasche und öffnete die Tür.

Während er den Karton auf dem Rücksitz verstaute, überschlugen sich seine Gedanken. Er warf die hintere Türe zu und öffnete schnell die Fahrertür und schob sich hinters Lenkrad.

‚Ich muss von hier weg!', schoss es ihm durch den Kopf, während er den Schlüssel ins Zündschloss fummelte und sein Magen recht flau wurde.

Als der alte grüne Kombi ruckelnd vom Parkplatz der Polizeiwache abfuhr, streifte sein Blick doch noch einmal kurz seitlich das Gebäude, in welchem er die letzten Jahre seinen Dienst verrichtet hatte.

Ehe der Wagen die Kurve vollendet hatte, sah man von einem Fenster, an das sich Dr. Mutzvink im Polizeirevier gestellt hatte, das Glitzern hinter der Windschutzscheibe, welches etwa auf Augenhöhe des Fahrers gewesen sein musste. Dr. Mutzvink's Grinsen wurde noch ein wenig breiter, während er sich abwandte und eine Melodie pfeifend auf den Weg durch den nun menschenleeren Flur in sein Büro machte.

‚So ein Tag, so wunderschön wie heute…'

Alternatives Kapitel 18

Knapp 6 Monate später

Die Sonnenstrahlen der Nachmittagssonne schienen durch die Schlitze der alten Jalousien und tauchten den Raum in ein seltsames Zwielicht.

Er wischte sich mit dem Handrücken über die feuchte Stirn, es war wieder ein heißer Tag da draußen in der Welt. Er saß hier zwar in seinem beengten Büro, aber weder die vergilbten Rollläden, noch die alten Holzfenster vermochten es, die Hitze fernzuhalten. Natürlich hatte er mit dem Gedanken gespielt, sich eine portable Klimaanlage zuzulegen, doch ließ sein knappes Budget eine solche Anschaffung nicht zu.

Nachdem er seinen sicher geglaubten Beamtenstatus eingebüßt hatte, war er der Meinung, mit dem Übergangsgeld vorerst zurechtzukommen, doch hatte er dabei nicht mit seinem ehemaligen Chef gerechnet. Im Nachhinein hätte sich Max gerne selbst in den Hintern getreten für diese Blauäugigkeit zu glauben, dass sich Dr. Mutzvink damit zufriedengeben würde, ihn rauszuwerfen und danach keinen Groll mehr zu hegen.

Nun gut, so saß er nun hier in seinem heruntergekommenen Detektivbüro, welches er vor etwa 3 Monaten aufgemacht hatte auf Anraten seines Anwalts, der nur 2 Türen weiter residierte.

Diese Hinterzimmer, welche in früheren Zeiten mit Sicherheit als Abstellkammer benutzt wurden, als Büros oder gar als Anwaltskanzlei zu bezeichnen, bedurfte schon einem ordentlichen Maß an Fantasie. An der hatte es Max eigentlich nie gemangelt, also ließ er sich von seinem Rechtsbeistand zu dieser Form der Selbstständigkeit verleiten. Mittlerweile ging Max davon aus, dass er von dem Hausbesitzer, einem ähnlichen Typen wie Herr Ebert, eine Provision dafür bekommen hatte, ihn in eines dieser Zimmer verfrachtet zu haben. Aus den vollmundigen Versprechen, ihm jede Woche mindestens einen zahlenden Kunden zu vermitteln, war natürlich nichts geworden, da die „Anwaltskanzlei" wohl mehr als schleppend lief. Ein guter Ruf war nicht leicht aufzubauen, insbesondere, wenn man 75 % seiner Fälle verlor, was einem aus Frust tief ins Glas schauen ließ, oder wenn man bei den übrigen 25 %, die man gewann, aus Freude und Feierlaune noch tiefer in eine Flasche eintauchte.

Tja, um die staatliche Förderung zur Existenzgründung abzugreifen, dafür reichte es gerade noch, also hatte er Max, gegen eine kleine

„Aufwandsentschädigung", wie er es nannte, die Formulare ausgefüllt und bei den entsprechenden Stellen eingereicht. Auch hatte er sich um einige Rechnungen bemüht, welche seltsamerweise einen höheren Betrag auswiesen, als die bestellten Dienstleistungen, Möbel und Bürobedarf eigentlich gekostet hatten. Also hatte Max ein schäbiges Zimmer, eine noch schäbigere Inneneinrichtung und eine Schrift aus Klebefolien an dem Glaseinsatz seiner Zimmertüre, welche sich nach nicht einmal einem viertel Jahr bereits wieder ablöste. Aber dafür hatten ihm diese kleinen Finten die letzten Mahlzeiten finanziert, neben ein paar anderen Dingen.

Da kam es ihm in den Sinn, noch ehe sich sein Drang wirklich manifestiert hatte, griff er in die oberste Schublade des klapprigen Schreibtischs und zog das Päckchen Luckie's heraus, welches schon zur Hälfte geleert war seit dem gestrigen Abend.

‚Beinahe 10 verdammte Jahre hatte ich das hinter mir...', schoss es ihm durch den Kopf, während er sich einen dieser teerhaltigen Sargnägel ansteckte und einen tiefen Zug nahm.

‚Wenn man auf dem Weg nach unten ist, scheint sich etwas in der DNA eines Menschen zu verändern... da man unbewusst wahrnimmt, dass es nur noch in eine Richtung geht, scheint sich der Körper Betätigungen zu suchen, welche das Elend, das un-

weigerlich auf einen zukommt, schneller zu einem Ende bringen...' Zum Beispiel, wie in seinem Fall, den erheblichen Konsum einer legalen Droge wie Nikotin, bei seinem Anwalt war es zusätzlich die guten Freunde Jack und Jim.

Max saß eine Weile so da, hing seinen trostlosen Gedanken nach, während sich sowohl die Zigarette zwischen seinen Fingern als auch seine Hoffnung auf eine bessere Zukunft immer weiter in der Luft auflösten, als ihn ein Klopfen an die locker sitzende Scheibe in seiner Tür aus seinem tiefen Tal zurück in die Wirklichkeit riss.

„Herein!", rief er nach dem ersten Schreck, mit mehr Kraft in der Stimme, als er sich in diesem Moment selbst zugetraut hatte aufzubringen.

Die Klinke wurde langsam heruntergedrückt und die Tür schob sich knarrend in seine Richtung. Die Silhouette, welche er hinter dem Rauchglaseinsatz schemenhaft erkennen konnte, ließ kaum Rückschlüsse auf die Person zu, welche sich auf der anderen Seite befand.

Seine Neugierde stieg fast ins Unermessliche, bis sich die Person durch den offenen Spalt in sein Büro schob. Er glaubte, entweder seine Augen oder sein Verstand würden ihm einen Streich spielen, vielleicht, damit er sein trostloses Dasein besser ertragen konnte. Oder er hatte einen Unfall gehabt auf dem heutigen Weg zu seinem Arbeitsplatz und lag im Koma und dies war einer dieser luziden Träume, von denen man immer einmal wieder in der Zeitung las.

Aber ob Traum, Einbildung oder Geistererscheinung, die Dame, die das Zimmer betreten hatte, war eine graziöse Erscheinung. Die langen, seidenen Haare umschmeichelten ihre kräftigen, nackten Schultern, der lange Hals führt hinab zu einem äußerst ansprechenden tiefen Dekolleté eines roten Kleides, welches in den Hüften schmale Cut-Outs aufwies, welche eine makellose Haut offenbarten, die sich hinter dem langen Beinschlitz an noch längeren Beinen nahtlos fortsetzte bis zu den ebenfalls in roten Pumps steckenden Füßen.

„Detektiv Schneider?" Die Stimme schien gleichzeitig sanft und kräftig.

„Ja", drückte Max, immer noch überwältigt, hervor. In diesem Augenblick hätte er wohl zu allem „Ja und Amen" gesagt, er war froh, dass sie lediglich nach seinem Namen gefragt hatte...

Alternativer Epilog

Die Zeit verging und der Tag ging langsam zur Neige, so wanderte die Sonne um das Haus und streifte nur noch die alte, abgenutzte Jalousie an seinem Fenster. Noch führte dies leider nicht dazu, dass es in seinem Büro kühler wurde, aber in weiteren 3 bis 4 Stunden, wenn die Sonne untergegangen und sein Arbeitstag damit zu Ende war, sollte ein Öffnen des Fensters zu einer Verbesserung des Raumklimas beitragen.

Sein Besuch, welcher sich als Freifrau von Falkenstadt vorgestellt hatte, war schon seit einiger Zeit gegangen, selbstverständlich ohne ihm einen Auftrag zu erteilen. Was sie schlussendlich zu der Erkenntnis gebracht hatte, er wäre nicht der Richtige für den Fall, konnte er nicht mit Sicherheit sagen, womöglich lag es an seiner fehlenden Konzentration. Vielleicht vermutete sie auch ein gewisses Desinteresse seinerseits, da er, um seine Konzentrationsfähigkeit zu verbessern, seinen Blick durch das Zimmer schweifen ließ, doch führte das nur dazu, dass ihn ihre leicht rauchige Stimme noch mehr betörte. Im Bereich des Möglichen war natürlich auch, dass sie als E-Zigaretten-Userin sich von ihm gestört fühlte, da er sich aus Nervosität, sei es, weil er eine solch attraktive Frau nicht hier erwartet hatte oder weil er überrascht war, dass sich ein potenzieller Klient in diese Bruchbude verirrt hatte, eine Zigarette nach der anderen in seine Lungen gezogen hatte und sich der Anteil an atembaren Sauerstoff somit in den knapp 20 Minuten, in denen sie in seinem Büro saß, wohl halbiert haben musste.

Sei es aus welchem dieser Gründe, oder aus der Kulminierung aller: er hatte es sich versaut... Auch wenn sie sich freundlich verabschiedet und eine seiner improvisierten Visitenkarten eingesteckt hatte, er war sich relativ sicher, nie wieder von Isabelle von Falkenstadt zu hören.

Max lehnte sich zurück, legte die Füße auf eine herausgezogene Schublade seines Schreibtisches, welcher großzügigerweise vom Vermieter des Zimmers gestellt wurde, und döste ein wenig ein. Die letzte Zigarette im Aschenbecher rauchte sich selbst zu Ende und hinterließ einen leicht beißenden Geruch in der Luft, als die Glut den Filter küsste.

Max nahm dies jedoch nicht mehr wahr, sein Kopf lag auf der Holzlehne des Stuhls, welcher ein wenig besser aussah, als der dazugehörige Schreibtisch. Aus seinem offen stehenden Mund kamen kehlige Geräusche, die seinen Hausarzt sofort dazu veranlasst hätten, ihn die nächsten Nächte unter Zwangsaufsicht zu setzen.

Er schreckte aus einem verstörenden Traum auf, sodass er beinahe von dem Stuhl gefallen wäre. Seine Beine traten halt suchend in die Luft, trafen dabei die herausstehende Schublade und schoben den Stuhl nach hinten, was die Balance, die Max während seines Nickerchens bestens halten konnte, ernsthaft gefährdete. Ehe er vom Stuhl fallen konnte, stieß die Lehne gegen das Fensterbrett und sein Kopf gegen den Rand der Fensterflucht, was ihm neben den Nackenschmerzen, die er durch seinen nach hinten hängenden Kopf hatte, auch noch Kopfschmerzen bescherte. Zumindest standen seine Füße nun wieder sicher auf dem alten, knarzenden Bretterboden.
Nun versuchte er nach dem Gleichgewicht auch seine Erinnerung wiederzufinden, er wollte wissen, warum sein Traum ihn so mitgenommen hatte.
Ein zaghaftes, klirrendes Klopfen an den lockeren Glaseinsatz seiner Tür riss ihn aus seinen Gedanken und ließ ihn zusammen zucken. Hatte es etwa schon einmal geklopft und hatte ihn das aus seinem wohlverdienten Schlaf während der Arbeitszeit gerissen und verhindert, dass sich sein Albtraum noch während seiner Ruhephase in Wohlgefallen aufge-

löst hätte?

Sein zweiter Gedanke war, wie es denn sein konnte, dass ein weiterer Kunde an ein und demselben Tag den Weg zu ihm finden sollte, das wäre eine Steigerung zu den besten Tagen bisher um 100 Prozent.

„Herein!", rief Max neugierig, ging aber während sich die Tür öffnete davon aus, dass sogleich das hagere, blasse Gesicht seines Anwalts zu erblicken, der sich lediglich nach seinem Besuch erkundigte und ob die junge Dame noch zu haben wäre. Auch wenn er privat nicht sonderlich viel mit dem Juristen verbracht hatte, waren die wenigen alkoholreichen Besuche in einer nahegelegenen Kneipe recht aufschlussreich, wie er seinen Umgang mit Frauen auslebte. Seine Mutter hätte diese Art als „Weibernarrisch" betitelt und, auch wenn Max seiner Mutter am liebsten immer aus Prinzip widersprochen hätte, konnte er gegen diese Bezeichnung in Bezug auf den Anwalt leider kein Gegenargument finden. Doch war sein Benehmen nicht sonderlich von Erfolg geprägt, Max hatte mehrfach am selben Abend erlebt, wie Frauen sich wortlos abwandten, ihn beschimpften oder ordentlich zu klatschen begannen, einhändig und keinen Beifall. Seine Drohung, sie vor Gericht zu bringen wegen Körperverletzung, die er gerne hinterherrief, wurde meist ignoriert, oder führte zu einem weiteren Geräusch, welches zu einer noch stärkeren Rötung seines Gesichts führte. Max riss die Augen auf, als er den vermeintlichen Kunden seinen Kopf in den Raum stecken sah, befand er sich noch in seinem Albtraum?

Nun war die Tür komplett geöffnet und die Person blieb unsicher im Türrahmen stehen, während sie ihn unsicher anblickte. Nach einigen Sekunden trat die Person widerwillig ein und schloss mit zitternden Fingern die Tür hinter sich.

„Guten... Tag", presste der hagere Mann hervor, dessen Anzug stark verknittert und schmutzig aussah, auch hatte er einige Schrammen im Gesicht. Während er die wenigen Schritte von der Tür bis zum Schreibtisch zurücklegte, sah man ihm an, dass er unsicher auf seinen Beinen stand. „Ich benötige Ihren Beistand als... Privatdetektiv."

„So?" Max hatte seine erste Verwirrung verdaut, doch war er weiterhin stark verwundert.

„Mir sind in der letzten Zeit einige schlimme Dinge passiert, wofür ich keinerlei Verantwortung trage."

„Was Sie nicht sagen", gab Max mit Häme in der Stimme und einem leichten Lächeln zurück.

„Darf ich mich setzen?", wurde gefragt, als eine zittrige Hand bereits nach der Stuhllehne griff.

„Nein", meinte Max kalt, musste sich allerdings stark beherrschen, um über die traurige Gestalt vor sich nicht laut aufzulachen.

Sein gegenüber gefror in der Bewegung, was äußerst amüsant anzusehen war.

„Ich denke", begann Max, während er sich betont langsam von seinem Stuhl erhob, „was wir zu besprechen haben, können wir auch im Stehen abhandeln." Er ließ diese Worte kurz wirken, ehe Max süffisant fortfuhr: „Also, was kann ich für Sie tun Dr. Mutzvink?"

*****Ende*****

...

?

Bisher erschienen

Kommissar Max Schneider

Abgetaucht
ISBN: 9783734748400

Hochadelsmord
ISBN: 9783738616538

Lattenkrimi
ISBN: 978741266218

Provinzposse
ISBN: 9783734774720

Short Cons
ISBN: 9783755758495

(nur als E-Book im Handel)
(gedruckte Version auf Anfrage)

Vielleicht bald erhältlich

(Cover und Titel vorläufig)